ハヤカワ文庫JA

〈JA1239〉

グイン・サーガ139

豹頭王の来訪

五代ゆう

天狼プロダクション監修

JN146009

早川書房

7826

THE PROVIDENCE OF THE PANTHER-KING
by
Yu Godai
under the supervision
of
Tenro Production
2016

カバーイラスト／丹野 忍

目次

第一話　〈死の御堂〉の聖者（承前）……一一
第二話　豹頭王来訪……………………九一
第三話　愛に値せぬもの………………一四九
第四話　〈三姉妹〉……………………二三九
間　話　再び、ヤガ——そして………二六九
あとがき……………………………………三〇〇

本書は書き下ろし作品です。

山嶺わたる風の辺《へ》に豹頭王来たり、
岩城にとまりて薄暮の中に立つ。
屈強なる民人らの歓呼を浴び、黄玉《トパアズ》の眸《め》を笑ませ
真直《ますぐ》なる剣を天につきたてて言えり、
『民よ、心病むことなかれ、我と我が剣とここにあり、
我とこの剣あらばいかな禍《わざわい》、いかな魔怪なりとも逃げ失せん、
我は帝国の礎、ケイロニアにありて光たり
我が名は豹頭王グイン、汝らの守護にして大いなる護り手なれば』
民ら両手をかかげまばゆき陽のごとくその名を呼ぶ
『グイン！　グイン！　地上なるシレノスよ
我らの心御身とともにあり！』

吟遊詩人マリウスの走り書き

〔中原周辺図〕

ナタール川
ヴァーラス湖沼地帯
ノスフェラス
ナタール大森林
ギーラ湖
ナタリ湖
ケス河
サイロン
ユラニア
トーラス
ケイロニア
ノルン海
アルセイス
ゴーラ
ロス
モンゴール
クム
リーラ川
カムイ湖
タリア
ワルド山脈
中原
ルーアン
イーラ湖
クリスタル
オロイ湖
アルムト
パロ
アルーンの森
カラヴィア
サルジナ
ダル湖
ダネイン大湿原
ドラス連山
ハイランド高地
ルート
ウル山脈
カムリ岬
ラトナレン山脈
ウィレン山脈
アグラーヤ
サーリスベリ
ランガート
アルート高原
カウロス
獅子原
ライゴール
レンティア
草原地方
トラキア自治領
トルース
ヤガ
リャガ
イフリキア
マハール
トルフィヤ
ヴァラキア
アルゴス
沿海州
アルカンド
アルゴ河
レント海

〔中原拡大図〕

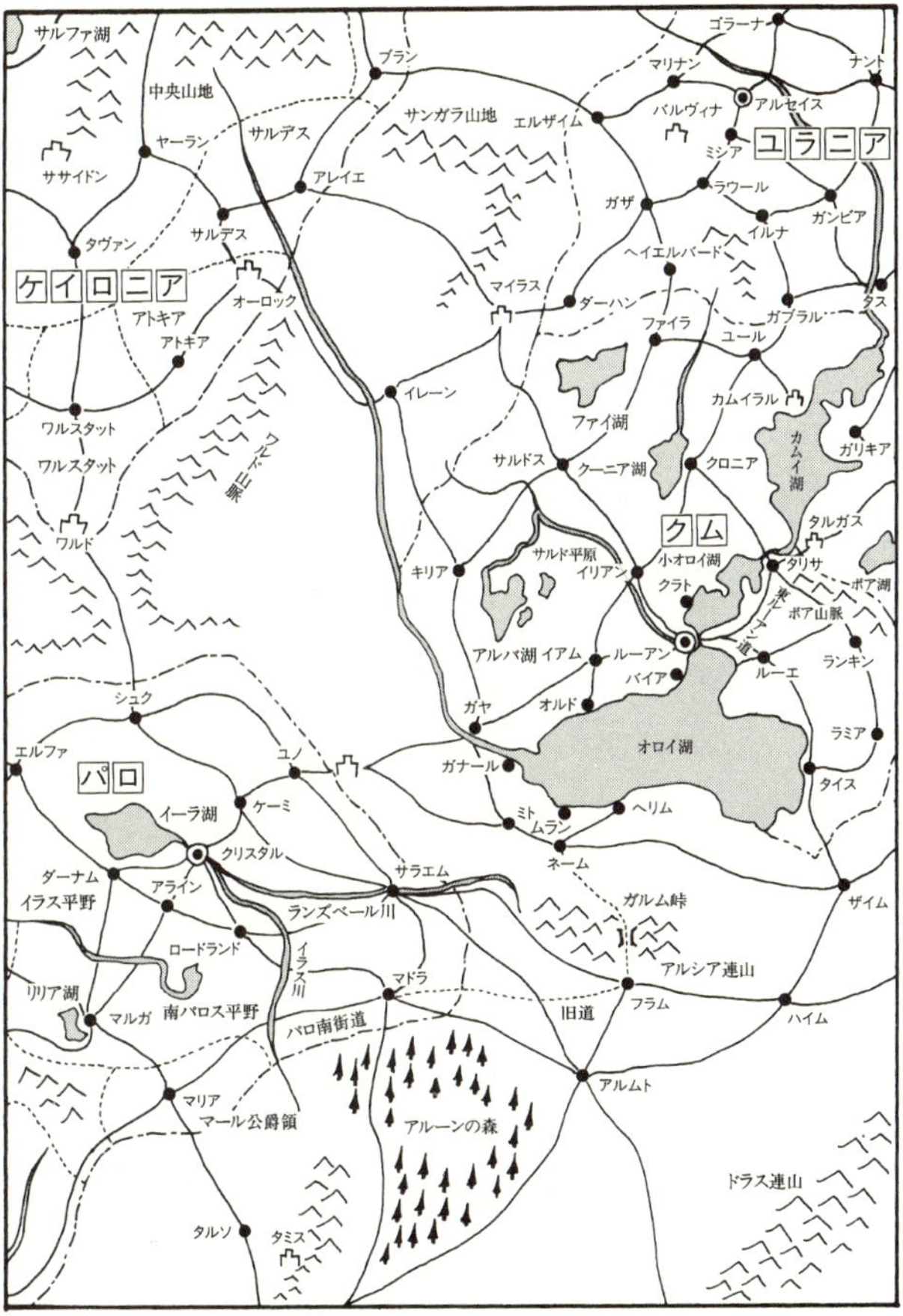

サルファ湖
中央山地
ヤーラン
サルデス
ササイドン
タヴァン
サルデス
アレイエ
ケイロニア
オーロック
アトキア
アトキア
ワルスタット
ワルスタット
ワルド山脈
ワルド
ブラン
サンガラ山地
エルザイム
ゴラーナ
マリナン
ナント
アルセイス
バルヴィナ
ミシア
ユラニア
ラウール
ガザ
イルナ
ガンビア
ヘイエルバード
マイラス
ダーハン
タス
ガブラル
ファイラ
ユール
イレーン
ファイ湖
カムイラル
カムイ湖
ガリキア
サルドス
クーニア湖
クロニア
クム
タルガス
サルド平原
キリア
イリアン
小オロイ湖
タリサ
ボア湖
クラト
東ルーアン道
ボア山脈
アルバ湖
イアム
ルーアン
ランキン
ルーエ
バイア
ガヤ
オルド
ラミア
オロイ湖
タイス
ガナール
ミト
ムラン
ヘリム
ネーム
シュク
エルファ
パロ
ユノ
ケーミ
イーラ湖
クリスタル
ダーナム
イラス平野
アライン
サラエム
ランズベール川
ロードランド
イラス川
マドラ
リリア湖
マルガ
南パロス平野
パロ南街道
旧道
フラム
ガルム峠
アルシア連山
ザイム
ハイム
アルムト
マリア
マール公爵領
アルーンの森
タルソ
タミス
ドラス連山

〔草原地方 - 沿海州〕

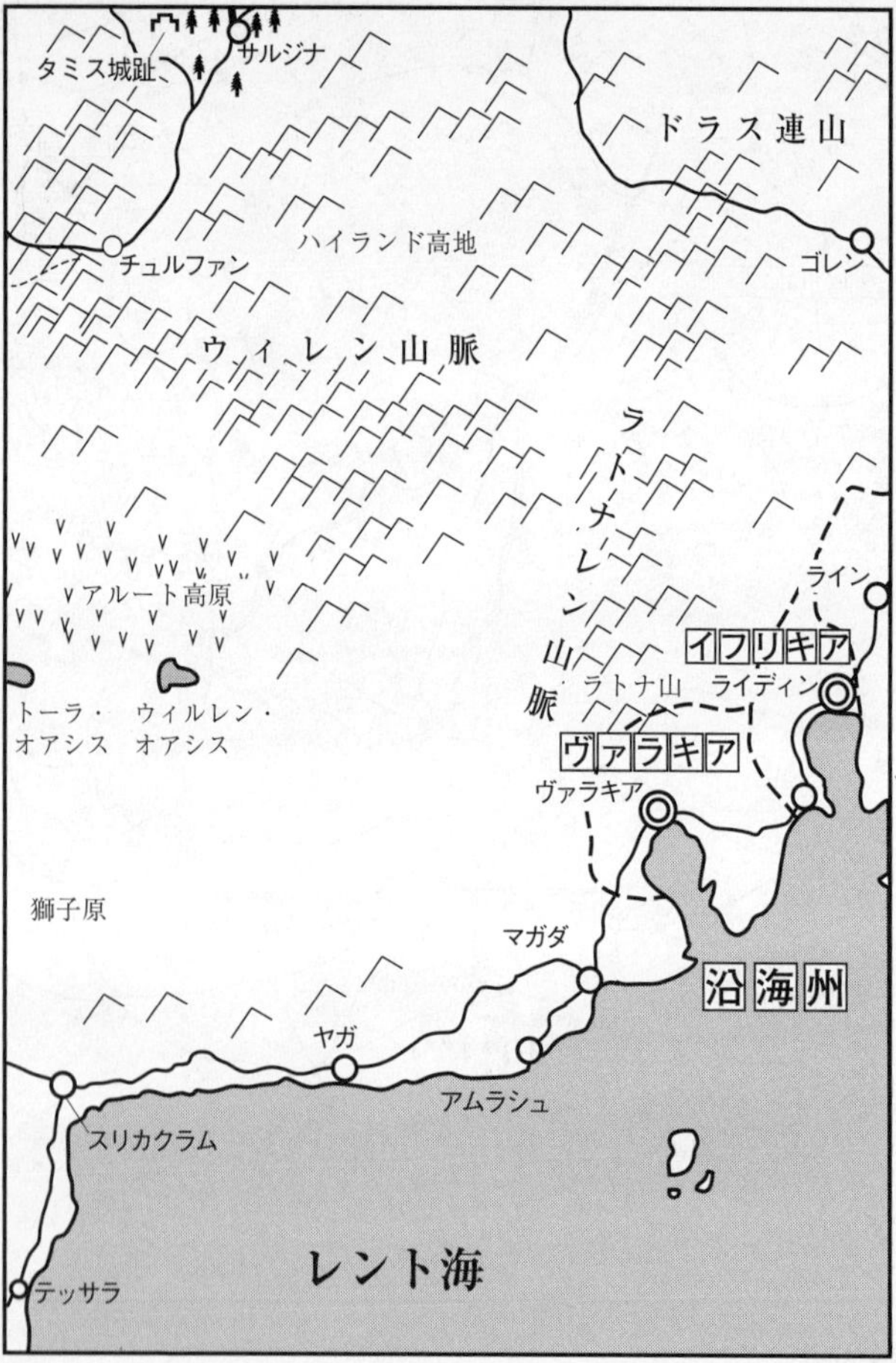

タミス城趾
サルジナ
ドラス連山
ハイランド高地
チュルファン
ゴレン
ウィレン山脈
ラトナレン山脈
アルート高原
ライン
イフリキア
ラトナ山
ライディン
トーラ・
オアシス
ウィルレン・
オアシス
ヴァラキア
ヴァラキア
獅子原
マガダ
沿海州
ヤガ
アムラシュ
スリカクラム
レント海
テッサラ

豹頭王の来訪

登場人物

グイン……………………………………ケイロニア王
ヴァレリウス…………………………パロの宰相
リギア……………………………………聖騎士伯
マリウス…………………………………吟遊詩人
アッシャ…………………………………パロの少女
ドース……………………………………ワルド男爵
スカール…………………………………アルゴスの黒太子
スーティ…………………………………フロリーの息子
ブラン……………………………………ドライドン騎士団副団長
ソラ・ウィン…………………………ミロク教の僧侶
ヤモイ・シン…………………………ミロク教の僧侶
ザザ………………………………………黄昏の国の女王
ウーラ……………………………………ノスフェラスの狼王

第一話　〈死の御堂〉の聖者（承前）

1

沼からわきあがる霧のように、不思議な興奮がヤガの上に広がりつつあった。

およそ情熱や期待、苛立ち、怒り、恋慕、その他激しい情動を善しとしないミロク教の聖都であるヤガにとってそれは初めてのことであり、そこに住む人々は大いにとまどってもよいはずであった。しかし彼らもまた多くは熱夢のようなその影にのみこまれ、自らは気づくこともなく、わけもなく浮かれた気分にまきこまれていった。愚かな小鼠が知らず大蛇の腹中に入って消化されるのを自覚せぬまま動き続けるように、人々は奇妙に熱っぽく交わされる噂に耳を傾けた。

「ついにミロクが降臨なされると……」

「大神殿のおかたがお告げを受けたそうな。かの聖なる超越大師様が……」

「ヤロール様。そう、ヤロール様が」

「ミロク様とじきじきにお言葉を交わされるというあの聖者が」

「ついに到来のみことばを賜《たまわ》ったという。次の新月の夜に、古い月は永遠に空を去り」

「かわってもたらされるミロク様の光輝が昼夜を支配する。ミロクを信ずるすべての者の前に新たなる驚異が示されれ」

「真実と栄光と富とがミロクの教えを奉ずる者に約束される。ミロク様のために戦う者に光の剣を、ミロク様のために語る者に賢き舌を、ミロク様のために働く者に強く器用な手と腕を」

「好ましきあらゆる者がミロク様を信ずる者に与えられる。一切の望みは叶えられ、生老病死の四苦は消え果て、死すらもミロク様の光のもとにおのずから亡霊となって吹き消される」

「ミロク様が降臨なされる」

「ミロク様が降臨なされる」

「ミロク様が……」

囁きは波となってひそひそと路をわたり、簡素なヤガの石造りの建物を覆い、寺院に香華《こうげ》を捧げる信心深い人々の間を流れ、見えない海となって聖なる都市をやがてひとつの言葉となって包みこんだ。

〈ミロク大祭〉！

すでに予言として告げられていたものが急速に現実になろうとしていた。ミロク大神殿に詣でる者のみならず、市中の小さな礼拝所や、集会所、ちょっとした食べ物屋や宿泊所の片隅で、呟く声はしだいに熱を帯びて高まっていった。

〈ミロク大祭〉！

〈ミロク大祭〉！

昔ながらのミロクの素朴な教えをいまだに抱いている者の中には内心首をかしげる人間もないではなかったが、都市をのみこむ異様な雰囲気の中に、彼らの疑問もやがて封殺され溶け去っていった。表だって疑問を口にする数少ない人間は夜のある時、誰にも気づかれることなく連れ去られ、やがて別人のように熱心な〈新しきミロク〉の信徒となって戻ってきた。いまやヤガではそれこそが正しい信仰の姿であり、それ以外の形はあってはならないのだった。

〈ミロクの騎士〉たちは僧衣の下に剣を鳴らして堂々と歩き回り、目つきの鋭い一団の信徒たちが影の群れとなって徘徊していた。彼らは背信の言葉にさとく、けっして聞き逃すということがなかった。これまでは見逃されていた旧ミロク教を信じる素朴な人々は表向きの力ではなく、だが断固として狡猾なやりかたで狩りあつめられ、ある隠された建物に吸い込まれた。そこで一夜を過ごしたのちはみな、目の奥に赤く光る何物かを秘め、熱狂的にミロクの到来を待ちわびる信者と化すのだった。

ミロクのしるしを鎧のようにかかげる隊列が声高に唱名《しょうみょう》を唱えながら大神殿の前をゆききした。祈禱を望む人々は何重もの列をなして神殿を取り囲み、香煙は濛々《もうもう》と立ちのぼって大神殿の丸屋根を青くけむらせた。雲は昼でも灰色に低く垂れ込め、わずかに覗く空すらいささか白くすすけて、人々が熱狂的に捧げる祈りと香にいぶされ、色あせて見えた。ミロクの光をいまだ受けぬ空など、空ではないとでもいうようだった……

〈ミロク大祭〉！

姿をみせぬ超越大師ヤロール、そして至聖の高僧である五大師は大神殿の奥でミロクそのものと到来の日について語り合っているとされた。ミロク降臨の夜には彼ら選ばれし聖人はミロクの左右に立って持者となり、歓呼する人々に至福の恵みを分け与えるといわれた。

巡礼たちは続々とヤガの門を通り、巧妙な導きによって〈兄弟姉妹の家〉に吸い込まれていった。純朴な魂に猫撫で声の囁きが吹き込まれ、ミロクの降臨と地上楽園の到来を信じ込ませた。ヤガはいよいよ肥え太り、膨れ上がっていった。

質朴な街中にも常に香の煙とミロクに捧げられた花の香が漂うようになり、礼拝所ではない路傍にも、誰が置いたのかミロクの像が立てられ、その前に線香と花が、供え物の果物や野菜、そして鶏や山羊、豚の頭などが山と積み上げられた。切り取られた豚の首からわずかな血が流れ、きれいに掃除された石畳を流れていった。

しかしそれもすぐに、わずかな汚れも見逃さない奉仕の人々の手によって洗い流された。殺された動物たちの膜のかかった目は虚空を見つめ、いまだ来たらぬ聖者にむかって声のない喉をひらいていた……

〈ミロク大祭〉！

〈ミロク大祭〉！

日毎に呼び声は高くなり、広まっていった。大神殿の前に立ち並ぶみやげ物屋は夜中でもあかあかと紅燈をかかげ、熱に浮かされた人々の心をさらにあおった。毒々しい色彩のミロクの絵図や練り物の像、金紙でかざった作り物の花がとぶように売れていった。

ミロクに捧げる線香は店先に山をなし、神殿前の自動祈禱機はほとんどとまることがなかった。青い煙をあげる〈ミロクの煙の種〉を袋に詰める店主の手は、香の粉で真っ青に染まっていた。唇をなめる舌もまた、同じ粉のために死人のそれのように青黒かった。

硬貨がちゃりんと音を立て、金の詰まった大きな箱がいくつもこっそり運び出されていった。参拝の人々から雨のように投げられる賽銭は箱に入りきらず、神殿のきざはしに広げられた白布の上に網にかかった小魚のようにきらめいた。半刻ごとに頭を丸めた雛僧《すうそう》がふたりほど出てきて、布ごと賽銭を集め、新しい布を広げて引っ込んでいった。

幼い彼らの足は金でぎっしり膨らんだ布の重さによろめきがちだった。聖なる人々に当たらぬよう、彼らが作業している間はつつましく賽銭を投げるのを控えていた人々も、彼らが中へはいってしまうと後を追うようにいよいよ高い声をあげ、賽銭や花や捧げ物を投げた。布に乗り切らずに跳ね返る硬貨や花が雨のように鳴り、ここでも絞められた鶏やかごに入った雀、豚の脚、山羊や羊の角のついた頭などが丁重に置かれた。

殺生を禁じ、生臭をいとうミロク教本来の姿はとうに古いものとされていた。動物の捧げ物をいぶかる人々には、あれらはそのためにミロク様に身を捧げた物たちであるので、ああして捧げられることが彼らの身の功徳であるのだと説明された。いずれミロクの到来の世には、あれら捧げられた動物たちも人の身を得て立ち上がり、声高にミロクを讃えるであろうと厳かに告げられた。そう言われて反論できる者はなかった。熱を込めて語る者たちの目は赤く光り、催眠術をかけるかのように、新たな信者の心に、魂に食い入った……

〈ミロク大祭〉！

おおミロクよ、光の勝利者にしてまことの智慧の王よ、我らを地上の楽園に導きたまえ、邪悪を破り、外道を下す力をこの手に与えたまえ、正しきみ教えを地上に広めるべく聖戦を戦う決意を我になさしめたまえ！

ミロク！　ミロクよ！

刻々と熱は広がり高まり、聖都ヤガは煮えたぎる灼熱の坩堝《るつぼ》と化していた。香の煙に生け贄の動物の脂ぎった血の臭いが入り交じり、巡礼たちのひそやかな歩みに騎士たちの鎧の響きがかぶさった。

「どこまでこの御堂は続くのだ、御僧、ソラ・ウィン殿」

ヴァラキアのブランは剛勇の海の男ではあったが、剣を手に斬りつけるべき相手ならともかく、ただひたすらに骨と屍衣と、ぼうっと燃える燐の青いうす明かりが続く狭い通路にはいささかの不安をかき立てられた。前をゆくのは木乃伊《ミイラ》めいてやせさらばえた老僧ソラ・ウィンであり、足の長い水鳥の骨格に皮いちまいを被せたような後ろ姿はぴんとまっすぐ立って迷いもなく奥へ奥へと進んでゆく。

「いっこうに出口など見えてこないではないか。もう半刻はゆうに進んだぞ。まさかこのまま永遠に地下のこの骨の回廊を歩き回るというのではあるまいな」

「静かにするのだ、剣士よ」

僧のひからびた口から思いもよらないほど強い叱声《しっせい》がとんだ。

「この御堂はもともと、古来ミロクの教えに身を捧げた者たちが死してなおミロクの御世を待つために建設したもの。ヤガがミロクの聖都とされるようになったのも、もとはこの御堂の存在を耳にしたミロクを信ずる者たちがここに仕えるために集まってきたためよ。いわばここは源ヤガの地であり、地上の都市などはあとからついてきたものにすぎぬ。あまりにもミロクの御堂にて入定《にゅうじょう》を希望する者が増えたため、扉は閉ざされ、長い間開かれることはなかったのだがな」

「では、この大量の骨は、それだけ昔からこの場所に積みあがってきたものなのか」

ブランは首をちぢめてあたりを見回した。

はじめてこの死者の御堂を見たときの衝撃はさすがに薄れてきたものの、見る場所目をやるところ手足の触れる場所、あらゆる場所に人間の骨があって、いたるところから髑髏《どくろ》がうつろな眼窩《がんか》を開いてこちらを見つめているというのは、やはり気持ちのよいものではない。

「最初の骨がここに置かれて、すでに五百年にはなろう」

あっさりとソラ・ウィンは言った。

「われにとってはこの御堂はミロクを讃仰《さんごう》する同胞《はらから》の魂の場所、故郷のごとくなつかしい場所よ。われもまたこの同胞たちの中で心静かにミロクに思いを致し、瞑想と祈りに身を捧げるつもりでいたものを、とんだ邪魔者が闖入《ちんにゅう》しおった」

「邪魔者とはなんだ。俺はミロク教とヤガに起こった変事を知らせてやったのだとさっきも言ったではないか」

ブランはむかっ腹をたてた。どうにもこのミロク教の高僧相手はやりにくい。

たとえ自分が殺されようと世間がどうなろうと、それらはすべてミロクのおぼしめしであり、起こるべきことはそのまま起こらせておくべしというミロク教の考え方は、何度言い争ってもなんとも馴染めないものだった。しかもほかならぬそのミロク教が邪教によって乗っ取られていると警告しているのに、この悟りすました高僧はそれもまたミロクのおぼしめしであると言って耳に入れようともしない。

彼にとってそれよりも大事なのは、自分がかつて手を置いて道ばたから拾い上げた小坊主が、超越大師とやら名乗って謬説《びゅうせつ》の道に入り込んでしまっていることのようだった。師として弟子のあやまちを質《ただ》すのは義務であるとばかりにようやく腰を上げてもらうことに成功したものの、ブランは早くも、この頑固な坊主を道案内に選んだことを後悔しはじめていた。

ちらちらと揺れる燐の炎があわい影をいくつも周囲に踊らせる。それらがまるであたりのおびただしい骨から出てきた死者たちの亡霊めいて、ブランは背筋を粟立たせた。思わず手にした武器代わりの太い大腿骨を握り直す。

これもまた剣に比べればずいぶんぞっとしない代物だが、なにもないよりはましと言うものだ。せめてこいつで思い切り殴りつけられるような相手でも出てきてくれればな、と切望に近い気持ちでブランは思った。

いきなりソラ・ウィンが立ち止まった。

よそ見をしながら歩いていたブランは勢いよく相手の背中にぶつかり、皺びた後頭部に鼻をぶつけてよろめいた。指でつつけば穴のあきそうなもろい外見に反して鉄のように堅い頭で、しかも相手はよろめくどころか揺れもしなかった。

「いったいなんだ」

打った顔を押さえて鼻声でブランは唸った。

「見回りの者でも出てきたか。敵か」

「この御堂にそのような者はおらぬ」

そっけなく答えて、歯噛みしているブランに背を向けたまま、ソラ・ウィンは左右に設けられた古い寝棚の数々のどれかに向かって声をかけた。

「ヤモイ・シン。ヤモイ・シンよ、われだ。ソラ・ウィンだ」

しばし間があった。

ブランは鼻をさすりながらも油断なくあたりを見回し、動くものが目にとまればたちまち打ってかかろうと、手の中の骨を落ちつきなく転がしていた。

『うむ。今なにやら、わしの名を呼ぶ声がしたようなが』

どこからか低い声が反響してきて、ブランはぎょっと骨を取り直して天井を見上げた。

肋骨と上腕骨、骨盤を組み合わせた繰型《くりがた》はゆるい半円形となって前後に長々と続いている。左右の壁は、僧衣をまとった骸骨の納められた壁龕《へきがん》と骨の切り塡め模様、そして端から崩れた骨のかけらやほつれた糸やちぎれた祈り紐などが垂れ下がっている何段もの寝棚で埋めつくされている。専用の座や龕を用意されるほどではなかった者たちは、この寝棚に安置されているのだと思われた。

　声はつづけてどこからか響いてくる。

『どうもあまり聞きたくない声のようだぞ。どれ、いまいちど目を瞑《つむ》って、ミロクの極楽の天女と結構な語り合いを続けようかの』

「いい加減にするがよい、ヤモイ・シン。それどころではない」

　ソラ・ウィンの声にわずかな苛立ちがまじった。

「われらが以前異国の街角で托鉢《たくはつ》のおりに拾うた子供が、謬説に惑わされあやまった法を説いておるそうな。一度手を触れたならばわれらが弟子、戒を授けた者として二人ながら、弟子のあやまちを質すのは師の果たすべき義務であろう。おぬしもいつまでも怠惰に寝ておる場合か。起きてわれらと同道せい。さなくばここにいる剣士に、そこまで登らせて襟首つかんで引き出させようぞ」

「俺がか、おい」

　あわてたブランの囁きもソラ・ウィンは無視し、渋い顔で寝棚の一点を睨《にら》んでいる。

「ヤモイ・シン。出てこぬか。ヤモイ・シンよ」

『やれやれ。どうやら、放っておいてはくれぬらしいな』

　どこやらであきらめたようなため息がし、ごそごそと何かがうごめく気配がした。

ブランはどうしてよいか判断がつかず、ただすぐ動けるようにとだけ両足に力をこめて、骨を砕けるほど強い力で握っている。

寝棚の中ほどの一段から、にゅっと脚が出てきた。

これもまたソラ・ウィンやほかの朋輩と同じくほとんど木乃伊のように見えたが、存外にすばやく動いた。寝棚の段を梯子のように使ってつま先をかけ、体を乗り出してぶらさがると、ちょっと猿を思わせる器用さで、するすると下へ滑りおりてきた。わずかに色の残った僧衣の裾から堅そうな裸足の足裏が見える。

「うむ。やはり見たくはない顔であるな」

降りてきた者は身軽くとんと床に降りたって両手を腰にあて、口をとがらせた。

おそらく、以前はかなり恰幅《かっぷく》のよい男であったのだろう。大きな頭はソラ・ウィン同様、きれいに丸めている。

だが干した猿の死骸のようなソラ・ウィンと違って、肉は落ち、皮は枯れきっているが、どこか福々しい丸みのある顔と、皺《しわ》に埋もれてはいるが柔和な色のある細い目は、木乃伊というより子供が弄《もてあそ》ぶ、干した林檎を頭にした老人の人形のような奇妙な愛嬌がある。にっと笑いかけられると、思わずブランは頬がゆるむのを感じ、あわてて唇をひきしめた。

「せっかくこれからうるわしき天女の群れにありがたい説法を聞かせるところであった

に。あいかわらず無粋な男よな、ソラ・ウィンよ」

「なにを言う。おぬしこそ、観自在《かんじざい》、生死無常《しょうじむじょう》の境地に達しておきながらこんなところで時間を無駄にしおって」

ソラ・ウィンは言い返した。

「おぬしが姿を消して戻ってこぬからこそ、われは今やまことのミロクの世の到来を祈願するため我が身を捧げる者が必要だと思いなして、この御堂にこもったのだ。なぜあのように、誰にもなにも告げず突然ヤガから消えたのだ。この御堂の寝棚で横たわっておるおぬしを見たとき、われは天地がひっくりかえったかと思ったぞ」

「ほほう。ちなみに、地上ではわしがなぜ姿を消したと言っておるのかな」

おもしろそうにヤモイ・シンなる老僧は小首をかしげた。

「多くの者は、単におぬしが死んだと思っておる」

簡潔にソラ・ウィンは答えた。

「それというのも多くの僧侶やら、また神官とやらいう新出来の階級の者が、そういった話を喧伝したからであるが。だがおぬしがそう簡単に死んだままになるわけはあるまいと、われは思った。もう少し思慮のある者は、近ごろ騒がしいヤガに嫌気がさして、単身遠い地へ流浪の托鉢僧となったか、あるいは人間《じんかん》を離れて、深山の庵《いおり》へでもひっこんだかと考えているようであったが」

「ふむ。人というもののいかに誤謬の多いかの証拠だの」

ヤモイ・シンは汚れた爪で額を掻くと、ふいにブランに目を向けて白い歯をみせた。

ブランが思わず笑顔を返したほど邪気のない、童子のような笑みであった。

「で、こちらのお気の毒な剣士殿はどなたかの。見たところヤガに巡礼にやってくるほど抹香臭い御仁ではなさそうな。わしはヤモイ・シン、ご覧の通り、ミロクのみ弟子のそのまた尻尾にぶらさがっておる生臭坊主よ。ソラ・ウィンなどにつきあわされて、よほど迷惑したであろう。こ奴の頭の固さは、ミロクの王国の礎の金剛石にも勝るところよ」

「迷惑などと」

思わずブランは心にもないことを言い、ソラ・ウィンに腰を上げさせるのにどれだけ苦労したかは頭から追いやった。

「あらためてご挨拶する。俺はヴァラキアのブラン、ドライドン騎士団に所属する騎士で、ヤガにはとある重要な人物と、またひとりの女人を救出するために潜入した。これを話すのは御僧がたが〈新しきミロク〉にはかかわっておられぬ方々だとお見受けするためだが、いかがか」

「〈新しきミロク〉とな」

ヤモイ・シンは皺に埋もれた目をしばたたいた。

「あの小僧ども。またえらく不遜な名を名乗りだしたものだの」

「ヤモイ・シンよ、おぬし知っておるのか」

ソラ・ウィンが肉の落ちた顔をさらに皺だらけにした。顔をしかめたのかそれとも興奮しているのか、いまひとつよくわからない。

「おうよ、知らいでか。わしがこの御堂にこもる、というより、放り込まれることになったのはかの小僧どもの手であったでな」

むきだしの腹をこすりながら、ヤモイ・シンはのんびりとあたりの骨また骨の光景を見回した。

「まあ、いささか人の相手をするにも疲れておったし、これぞミロクのくださったいささかの休養と思って、そのまま眠ってしまったが」

「ち、ちょっと待ってくれ、御僧」

なにやらついていけない話になった。ブランは混乱する頭を抱えながらもあわてて割り込んだ。

「すると何か、ああ、ヤモイ・シン殿と申されたか。御僧は〈新しきミロク〉、まあその時はまだおおっぴらに名乗ってていなかったにせよ、そやつらに捕らえられ、この骨の御堂に幽閉されたということか」

「まあ、あれらの意図とすれば、そうであろうな」

腹を掻きながら、ヤモイ・シンはあくまでのんびりと答えた。

「実を言うとな、はじめは勧誘を受けたのよ。このごろ、ミロク教も大きくなってきている。ヤガも都市として発達してきた。ここはひとつ、同胞らをまとめ、ミロク教をヤヌス信仰やそのほか力ある宗教と並ぶものとして打ち立てたい。そのために、徳高い聖僧と名高きヤモイ・シン殿——はばかりながらこのわしよ——に、導師としての地位につき、いまだミロクを信ぜぬ者どもにミロクの栄光とみ力を示してもらいたいとな」

「なんと」

ソラ・ウィンが興奮して叫んだ。

「なんという邪見だ。ミロクのみ教えは他人に強制するものではない。信ぜぬのはいまだ時至らぬためのみ、いずれ輪廻の輪が転じ罪と善行を重ねるならば、いずれ必ずミロクの教え魂に入り、自然とミロクの深甚《しんじん》なる智慧に達するものと、ミロクご自身が語られたのを忘れたか」

「さて、忘れたのか、それとも最初からそんなことは考えておらなんだのか」

肩をすぼめて、ヤモイ・シンは唇を鳴らした。

「いずれにせよ、わしは知ってのとおり、面倒なことは嫌いでな。聖僧よ聖人《しょうにん》よと騒ぎ立てられるのも嫌気がさしておったし、実際、こっそりヤガを抜け出して一托鉢僧に戻ろうかと考えていたところでもあって、ましてや導師などと、大層な名前を奉られるのはまっぴらごめんだと言うてやった。そんな暇があるならおぬしらひとりひとり、おのれの中のミロクと対話するのに精を出すがよいとな。それで次に目が覚めたときには、この御堂の中よ。どうやら食事に薬を盛られたようであるが」

「暢気《のんき》に話しているような事態か、それが」

ブランとしては、このいささかならずずれたのんびりぶりに歯ぎしりしたいところだった。ソラ・ウィンもやっかいだったが、このヤモイ・シンという僧も相当やっかいだ。徳は高いのかもしれないが、ブランにとっては浮き世離れしていすぎる。

「つまり〈新しきミロク〉一味は、聖人と名高い御僧を仲間に引き入れるのに失敗すると、この御堂に放り込んで飢え死にさせようともくろんだのではないか。いったいそれは、どれくらい前のことなのだ」

「さあ、ここにおると、時のたつのもなかなかはっきりせぬでな」

あくまでのんびりと、ヤモイ・シンは首を振った。

「しかし何でも地上からかすかに掘ったり削ったり柱を立てたりと、なにやら建物を建てる音は長いことしておったな。ソラ・ウィンよ、おぬしがここへ来たのは何年前であったかな」

「われはここへ来て十年になる」

むっつりとソラ・ウィンは答えた。ブランは思わずソラ・ウィンの木乃伊めいた体を上から下まで見下ろした。十年間ほぼ飲まず食わずでこの地下の冷たい御堂に座り続けてこれとは、このソラ・ウィンという僧、ヤモイ・シンほどではなくとも相当に修行を積んでいるらしい。

「ほう、十年。ならばわしがここにて目を覚ましたのはさらにその十年ほど前ということになるのかの」

さらにヤモイ・シンが何でもないことのようにそう続けたので、ブランは目を皿のようにしてヤモイ・シンのしぼんだ体を見直した。ほとんど二十年間食べ物も水もなくこの地下に閉じこめられていて、それでもまだ正気を保ったまま暢気そうに話をしているということ自体、信じられない。

しばし考え込んだヤモイ・シンは手を打って、

「おう、そうそう、思い出してきたぞ。わしとおぬしが托鉢行から帰ってきてすぐであったから、あれは確かに二十年ほど前のことよ。あの拾った小坊主、確かヤロールといった、あれに戒を授けて養育係の手に渡してから半月とたたずであった。なにやら見たことのない男がやってきてな、キタイ風ではあったがえらく長たらしい名前で」

「カン・レイゼンモンロン」

思わずブランはそう口にした。ヤモイ・シンはまた少し考え込み、

「さあ、よくは覚えておらぬが、とにかくそのようなえらく仰々しい名前であった。な

にやら妙に気取りかえったやつで、敬虔を装いつつ羊の皮の下に隠れておる蛇が見えたので、笑い飛ばして追い返したが」

「そやつだ。そやつなのだ、御僧」

興奮してブランはヤモイ・シンの枯れた腕をつかんだ。

「そやつこそ今ヤガを邪教のちまたとし、ミロクの教えをねじ曲げて〈新しきミロク〉などと名乗って純朴な人々を操り人形に変えている、キタイの竜王の手先なのだ。御僧のお見立ては正しい。俺はあの男の、人間の皮の下の真の姿を目にしている」

「ほう。それはまた、どのようなものかな」

「蛇だ」

鋭くブランは言った。

「あれは人間の皮をかぶった蛇なのだ、おのおのがた。これは比喩ではない。おれはあの男と対決し、あの男の顔の皮がべろりとめくれて本当の顔が露出するところをこの目で見た。キタイの竜王は竜頭人身の異形であるというが、その手先であるカン・レイゼンモンロン、あれはまさに、蛇人間と呼ぶべき怪物であった。頭の先から指の先まで蛇の鱗に覆われ、蛇の目と舌と牙を持ち、異界の魔道を使うくせ者だ。ヤガに隠微な侵略を繰り広げているのは、まさしくあ奴のしわざなのだ」

「そなたはヤロールが超越大師とやら名乗って謬説を説いていると言っていたが」

ソラ・ウィンが片目を細めた。ブランは苛立って足を踏みならし、

「だからそれもまたカン・レイゼンモンロンのさしがねなのだ。おそらくあ奴は聖人として声望のあるヤモイ・シン殿を引き入れるのに失敗したので、まだ子供で洗脳しやすいヤロールとやらに矛先を変えたに違いない。手放したときはまだ幼い子供だったのだろう」

「たしか五つか六つであったように記憶している。飢えていたので体は小さかったが、本人はそう言っていた」

「そら見ろ。それくらいの年からだんだんに仕込めば、超越大師などというたわごとを吹き込むにはたくさんすぎるほどだ」

ブランはつばを飛ばした。

「そうやって作り上げた操り人形を頂点に置き、ミロクその人と直接会話できるなどというふれこみで、すべてを後ろから操っているのがカン・レイゼンモンロン、あのキタイの邪悪な蛇人間なのだ」

「哀れなおさな子よ」

熱の籠ったブランの主張を、ヤモイ・シンはほとんど耳に入れていないようだった。干し林檎のような頭を朽ちた僧衣の襟にちぢめ、何事か考えるように御堂の天井の骸骨と視線をあわせるように仰向いていたが、やがてひとりごとのように、

「ミロクの課せられた試練とはいえ、悪夢にまどわされる年月はさぞ長かろう。そろそろ夢からさましてやらねばならぬか」

「哀れもなにもあるものか」

　あくまで戦士であるブランは苛立って無意識に剣代わりの骨を叩き、

「あのヤロールとやらを廃さねば、ヤガはこのまま〈新しきミロク〉に取り込まれて、真のミロク教とは縁のない竜王の属国となり果てるぞ。すでに軍隊が組織され、内々に聖戦が叫ばれている。聖戦という名の戦火が、ミロク教の名のもとに中原に燃え広がるのだ。真のミロクの使徒である御僧がたの見過ごせるところではあるまい」

「ミロクの智慧は広大普遍にして融通無碍《ゆうずうむげ》、しかしてその慈悲は、赤子ひとり、羽虫一匹をもけして見過ごしにはせぬ」

　ヤモイ・シンは経文のようにそう口にし、ソラ・ウィンと視線を交わして、面倒くさそうに息をついた。

「とにかく、ゆかねばならぬようだの。やれやれ。苦労をかけてくれる弟子であることよ。しかしこれもまたミロクの思し召しであれば、否むこともできまいよ。起こるべきことは起こるべきことであり、わしが安楽な眠りから起こされて働かされるのも、ミロクの定めには違いない」

「働かされるとは何事だ、不敬な」

ソラ・ウィンはぶつぶつ言ったが、ヤモイ・シンはよっこらしょと声をかけてやおら動き出し、皮のたるんだ腕を腰の後ろに組んでよちよちと歩き始めた。あとからひょろりと高い猿の干物のようなソラ・ウィンが、なおもヤモイ・シンへのお説教らしきなにかをぶつぶつ言いながら続く。

「おおい、俺の話がおわかりか、御僧よ。ミロク教の危機だと、俺は言っているのだぞ。御僧がたがあがめるミロクの名が、いまわしき魔道によって汚されようとしているのだと……ああ、くそっ」

ブランとしては、どうやらこのミロク教の高僧らしき二人が味方になってくれるらしいことに胸をなで下ろしはしたが、どうにも浮き世離れしたこの坊さまがたと自分とのあいだに横たわる、常識の壁を意識せずにはおられなかった。

落ちつきなく剣代わりの骨を叩きながらブランは急いで後を追う。二人の高僧の歩みは悠然と足を運ぶように見えてすべるように早く、ともすれば燐の薄明かりの中に取り残されてしまう。頭蓋骨の丸石に躓《つまず》きそうになりながら、ブランはたるんだ干し林檎と干物の鳥のようなふたつの影に、懸命に食いついていくほかなかった。

「おい、早いぞ、待ってくれ。俺は御僧たちのようにこの御堂には慣れていないのだ。……えい、なぜそうすいすい脚が動く、十年も二十年もここで乾ききっていてどうしてそう素早いのだ」

2

「先ほど、観自在、生死無常と言っていたが、あれはどういうことなのだ、御僧よ」

かたわらを悠然とゆくソラ・ウィンに向かって、ブランは尋ねた。

おびただしい骨で取り囲まれた御堂は、ようやく骨の数を減らして土の肌を見せている。頭蓋骨で舗装された滑りやすい通路も踏み固められた土に戻り、うす闇に目も慣れて、ブランはようやく二人の僧のすばやい足運びについてゆけるようになっていた。

「なに、大したことではない」

さらに一足先をゆくヤモイ・シンが、振り返っていたずら小僧のように笑みを見せた。

「多少人よりものが見えるようになったということと、死んでおるのも生きておるのもさほど変わらぬと見切ったままでよ。まあ死んでみるのも退屈まぎらしにはなったの。なにせ二十年の間、座り続けて経文を唱えるほどわしは根気強くはないでな、なあソラ・ウィンよ」

「おぬしはそういうところがいかん」

早さには似合わぬほどのゆっくりした足運びで進みながらソラ・ウィンは不機嫌そうに言った。

「生死《しょうじ》ところを定めず、輪廻流転の迷いの中にミロクの智慧を見いだすことを伝えもせずに、このようなところで寝ている奴があるものか。観自在なればヤロールの陥ったる事態もはやばやと知れたであろうに、なぜ放置しておったか、痴《し》れ者」

「さよう痴れ者よ、ミロクの智慧とは痴愚の中にこそある」

くっくっとヤモイ・シンは楽しげに笑った。

「もっとも愚かな者、もっとも無垢な者にこそミロクの真の智慧が宿る。ミロクの姿とそのみ教えは自らの胸に見いだすものであって、他人から教えられるべき筋ではない。じゃによってわしはヤガを出ようと思うておったのよ。わしに教えを請うて、ずるをしようとする横着者が出始めたによってな。いくらそれは自らの胸のミロクに問うがよいと言うてきかせても聞き入れぬ。果てはわしが法を独り占めしようとしておると、むくれて不平を言い出す始末よ。このようなこと、まことただの暇つぶしの役にしか立たぬのだがなあ」

「ち、ちょっと待ってくれ、御僧」

ブランはあわててしぼんだ林檎のような高僧の前に回り込み、

「そうすると御僧は、意のままに死んだり生き返ったりできるということか」

「さ、面倒くさいのでそうたびたびはやらぬがな」

　当然のことのようにヤモイ・シンは答えた。

「あまりに退屈なときは死んでみて、ミロクの極楽でしばらく楽しむのもよいものよ。しかしそのことが重要なのではないぞ。まず、生死無常とは生も死もうつろなものであり、虚妄にすぎぬと悟ることにほかならぬ。実態のないものを恐れきらい、自ら輪廻の輪にとらわれ続けるほど無駄なことはない。真の存在はミロクの内のみにこそあり、ミロクの智慧と光こそが、千万世界で唯一の確実な真実であるのだ」

「俺に説教はせんでくれ」

　ブランはむくれた。

「残念ながら俺はミロク教徒ではないのでな。死んだら死んだでかまいはせんが、生きている奴はいろいろと難物なのは知っている。死んだ奴は切りかかってきたりせんが、生きている奴は油断がならん」

「まあ実際、わしがやったのは瞑想を深うして、五識《ごしき》と肉体の活動を極限まで下げるという芸当にすぎぬが」

　あくまで戦士であるブランの論理には注意を払わず、ヤモイ・シンは飄々《ひょうひょう》と先を続けた。

「おかげで二十年は夢のうちであったな。わしが飢え死にするであろうと期待した者には気の毒ではあるが。こちらのソラ・ウィンも」

　苦虫を噛んだようなしかめ面のソラ・ウィンを顧みて、

「それくらいの芸はわし同様できておるはずであるし、それだからこそ十年ここで飲まず食わずに祈禱をしつづけるという行を成せたのであるが、なにせこの男は融通がきかぬでな。わしのように適当に天女とたわむれておればよいものを、あのように法座にこりかたまって、抹香臭い経文ばかりぶつくさ唱えておった。まったく、やかましい」

「やかましいとは何を言う。ミロクの聖なるみ言葉に思いをいたせば退屈などというものとは無縁ぞ」

　ソラ・ウィンが言い返し、刺すような目でブランを睨んだ。

「この剣士が闖入してきてあのヤロールの名を口にさえせねば、今もまだわれはあの座でミロクに祈り、心静かにその御世を待ちわびておるはずであったわ。このようなけたたましい形で祈禱を中断させられるより、おぬしが常に地上に思いをいたして、何が起こっておるかをわれに伝えるべきであろう。観自在の境にあるものが、怠慢とはこのことだ」

「なんでそのようなこうるさいことをするものかよ。わしがここに放り込まれたということは、つまり要らぬじじいだと思われたということであろうが。ならば要らぬじじいはじじいらしく、おとなしく死んでいようかと殊勝にしていただけではないか。そのどこがわるい」

「すると、知ろうと思えば知れたというのか。地上のヤガの様子が」

　ブランはさすがに啞然とした。

「観自在とはそういうことだ」

　ブランの無知を哀れむようにソラ・ウィンが言った。

「ミロクそのお方のごとく、三千世界とそのまた外に広がる一万の星々のあらゆる宇宙を一瞬にして悟るには及ばぬが、この現世で起こっておることのいくらかは居ながらにして悟ることができる、それが観自在の境よ。ミロクに仕える者の中でも、その境地に達した者は少ない。ヤモイ・シンは、その数少ないひとりだ」

「つまらぬ、つまらぬ」

　両手をあげてヤモイ・シンは首を振った。

「知るというても、知る価値のあるほどのことがこの世にいかほどあるものか。ない、ない、何もない。いざなってみれば、これまた益体もないおもちゃにすぎぬ。ミロクの広大無辺の智慧に比して、自らの卑小さがより思い知らされたは確かに収穫ではあったがの。考えてみれば修行の果てにこの境があるのも、増上慢を打ち砕き、いまだおのれが大いなるミロクの足下に遊ぶ小童にすぎぬのを知ることが目的であろう。境地そのものが到達点であると勘違いしておる者は多いが、要はそういうことであるな」

「だが、現世で起こっていることならわかるのだな」

ブランの胸は波打つように高鳴っていた。走るように前に出て、ヤモイ・シンの腕をつかむ。

「どうしたな、剣士殿。食いつくような顔だの。わしは見てのとおり、食うても肉はそうついておらぬぞ」

からかうように首をかしげるヤモイ・シンに、ブランは性急に「違う」と囁き、歯をむき出して、

「俺はこのヤガで人を捜しているのだ。その二人は〈新しきミロク〉の大神殿の奥にとらわれていて、どこにいるか見当がつかん。連れの老師も今は音沙汰がない。御僧、もしその居場所をみごと見いだしてくれるなら、俺は御僧の足もとに額《ぬか》づいて礼拝するぞ。大切な人物なのだ、両方ともに。俺は彼らを必ず無事に救い出すと誓いをたてた。もしそれが果たされぬときは、恥辱のあまり自ら首をはねて死なねばならん」

「拝まれるのは困るの。そもそもそういうことが嫌いで、わしはヤガを離れる気でおったに」

ヤモイ・シンはしわしわの顔をよけいくしゃくしゃにした。どうやら渋面《じゅうめん》を作ったらしい。

「また死なれるのも困る。ミロクの教えによって自死は禁ぜられておるし、それを見過

ごすのもまたいかぬ。はて、いかがしたものか」

「わかった、では拝むのはよすから、どうか御僧の力で二人の居場所を見通してくれ。この通りだ」

渋面のヤモイ・シンの前に膝をついて、ブランは深々と頭を垂れた。

「居場所さえ見つけだしてくれれば、あとは俺の仕事だ。超越大師とやらの始末は御僧たちに任せる。俺としてはとにかく、二人の身の安全を確保するのが先決なのだ。いずれにせよ今の巨大なヤガと〈新しきミロク〉を相手取るには、俺ひとりには手が余る。老師と連絡が取れるようになればまた考えもあろうが、頼りのミロク十字をなくしてしまっては手も足もでん。御僧が頼りなのだ。頼む。ぜひ、頼む」

「拝むのはやめてくれというのに。頭を下げるのもな」

心底そういうことが苦手らしく、ヤモイ・シンはますます渋面になった。

「わかった、わかった。このおもちゃの力が役に立つなら立てるがよいよ。そのお二人、どこにおると言ったたな。ミロク大神殿とか申したかの」

「そうだ、ミロク大神殿。御僧ら二人が地下に幽閉されておる間に、〈新しきミロク〉がヤガの中心にぶちあげたでかぶつだ」

勢い込んでブランは身を乗り出した。

「御僧は寝ているあいだに杭を打ったりする音を聞いたと言ったたな。俺は大神殿のさらに地下の秘密神殿の下層へ下層へと逃げてここへ落ちてきた。してみると大神殿は、この骨の御堂の真上に建っているのだ。御僧が俺の探し人を見つけてくれれば、どうにかしてもう一度地下神殿に潜り込み、二人を見つけるすべがないではなかろう」

「やれ、やはり目覚めるのではなかったか。誰も彼もがわしを使いおる」

ため息をつきながらヤモイ・シンは手をあげ、はやるブランを押しとどめる仕草をした。

「しばし待つがよい。それらしいものがおらぬか見てみよう。二人と言ったかの」

「そうだ。一人は学者風の端正な若者で、もう一人は」

「何も言わぬでよい」

後ろから、これもまたひどい渋面のソラ・ウィンが遮った。

「観自在とはすべてのことがわかるとヤモイ・シンが申したであろう。いちいち人物など言わぬでもあれにはわかる。それよりこのようなことでわれらの脚を止めさせるな。われらはわが弟子の謬説を叱《しっ》しに行くのであって、そなたの人探しを手伝うのではないぞ」

むっとして言い返そうとして、ブランはぐっと我慢して唇をかんだ。余計なことは口にしないのが吉と踏んだのである。

ヤモイ・シンは立っていたそのままの場所にすとんと腰を落とし、脚を組んで膝の上に手を重ねて目を閉じた。

　そのまま息の詰まるような沈黙がしばらく続いた。ヤモイ・シンの呼吸はしだいにゆっくりになり、やがて、完全にとまってしまったように思えた。

　心配になったブランは問いかけようとソラ・ウィンのほうを向きかけたが、痩せて縮かんだ老僧はやはり苦虫を嚙みつぶしたような顔で腕を組んで朋輩を見下ろしている。ミロクの教えの深奥に属する境地を、たかが人探しに使うとは不敬であると考えているらしい。ブランは首をちぢめて、ヤモイ・シンの顔に目を戻した。

　燐が音のない青い火をゆらめかすうち、ヤモイ・シンの茶色く乾いた顔は不思議な神像のごとき神秘さを帯び、ブランの目をふとまたたかせた。

　青白い微光は神秘の光輪のように老僧の輪郭を縁取って燃え、ふとブランに、背中から射し出る光背を負う穏和な座像を連想させたのであった。それは地上のいつわりの大神殿で見せられた張りぼてとはまったく異質の、われにもあらず厳粛にさせられる姿であった。ソラ・ウィンはむっつりと黙り込んでいる。青白い光が暗い地下通路をかすかに明るませ、ところどころにまだ残っている古い骸骨の眼窩に生き物のような光をつかの間宿した。

　やがて、ヤモイ・シンがゆっくりと目を開いた。黒く陰っていた顔に生気が戻り、何かを考え込むように唇が絞られている。大きく息を吐いて、まだそこにあるのを確かめるかのようにそろそろと手足を伸ばした。ブランは息せききって老僧の前に膝をついた。

「どうだ。見つかったか」

「ふむ」

ヤモイ・シンは首をかしげた。「妙だ」

「妙とはどういうことだ、御僧」

じれてブランがせき立てる。

「そなたの言う二人だがな、剣士殿、そのような者はどこにも見えぬぞ」

「なに」

もう少しで老僧の胸ぐらを摑みあげるところだった。指を鉤《かぎ》型に曲げたところであやうく踏みとどまる。爪が手のひらに食い込むのを感じつつ、

「しかし二人がこの大神殿に幽閉されていることには間違いないのだ。見間違いではないのか。もう一度、よく探ってくれ」

考え込んだようすでヤモイ・シンが手を挙げる。

「待て待て。妙と言ったのはそこではない。わしの観自在が届かぬ一角がある」

「なんと」

驚きの声をあげたのはソラ・ウィンだった。

「ミロクの法が届かぬ場所があるとな。このヤガで、そのようなことがあってなるもの

か。ヤモイ・シンよ、確かなのか」

「面倒ではあるが、手は抜いておらぬよ。人の頼みをこなすのもミロクの大事な務めであるでな」

ヤモイ・シンは首を振り、しぼんだ顎を指ではさんだ。

「地上のだいたいのことは見えるがの。ところどころ、黒い霧がかかったようになって、いくら観ようとしても見通せぬ場所がある。奇妙な。この大神殿とやらいう場所のいくつかが、黒い影にのまれておるな」

「それだ。それがキタイの、竜王の魔道に侵された場所なのだ」

ブランは勇み立った。

「おそらく捕虜の監禁場所は魔道によって隠されているのであろう。〈新しきミロク〉は魔道師も抱えているのだ。ジャミーラ、ベイラー、イラーグ。どれもみなキタイの魔道によって洗脳されていて、非常に強力になっている。おそらくあれらの中の誰かが魔道を使って、捕虜の居場所を隠しているに違いない。奴らは仲間内でさえ争っていたからな。キタイの魔道は竜王のやってきた異界の力であるから、この世のものであるミロクの力では、あるいは見通せぬ場合もあるのかもしれん」

「ヤモイ・シンよ、おぬし怠けている間に目が曇りでもしたのではないか」

ソラ・ウィンが不吉な口調で言った。

「ミロクのみ力はあらゆる世界を見通すはず。たとえ異界のものといえど、ミロクの前には影のごときものよ」

「それが通じぬ相手なのだ、ソラ・ウィン殿。キタイの竜王は」

ブランはきつく遮《さえぎ》った。

「いまヤガを覆っている影がどれだけ恐ろしいか、これでおわかりであろう。竜王はミロクの教えをおのが魔力で塗りつぶし、恐るべき邪教軍団として中原に解き放つ心づもりでいるのだ。きゃつらの魔道はわれわれの基準で計ることはできん」

「ううむ。そのキタイの竜王とやらもいまだミロクの教えに触れる縁を持たぬのだなあ」

ヤモイ・シンは深々と吐息をつくと、腰を伸ばして驚くほど大きな音でぼきぼき骨を鳴らし、長々とうめき声を漏らした。

「ミロクの慈悲は広大無辺、たとい異界のものであろうともミロクの名を念ずれば、どのような悪も力もちっぽけな塵となって風に飛ぶというのに。迷いの道にいる者が、異界にもおるとは驚いたぞ。とにかくヤガのことをすましたあとは、その竜王とやらにもなんとか真のミロクの心を伝えるように努力せねばならんか」

「何を暢気な」

ブランは心底呆れかえった。

「相手は人間ではない。魔道師たちでさえ理解できぬ遠い場所からやってきた異世界の怪物なのだ。そのようなもの相手に、悪いが御僧らの穏やかな説法など利くとは思えん。とにかく無駄なことは考えず、なんでもいいから見えたことを教えてくれ。ヨナ博士とフロリー殿の居場所そのものではなくとも、何か関係のあることがわかるかもしれん」

「まあそう急くな。いちいち口で語るには多すぎる」

ヤモイ・シンは片手をブランの鼻先で振り、腰を伸ばしてさすりながらまた先に立ってすたすたと歩きはじめた。

「とりあえず、こちらよ。まず、どうやら救うてやらねばならぬ者がある。おぬしの探し人ではないが、あるいは、その者が何か知っているかもしれぬ。これ、そう逸《はや》るでない。まだもうしばらく坂が続くぞ」

それからさらに一刻半《ザン》、ブランたちは地下道を進みつづけた。

骨はさすがに先へ進むごとに減り、かわりに、岩に刻み込まれたミロクの印や、すり減った礼拝段、壁一面に刻み込まれた経文など、原始ミロク教の信仰者たちが残した遺構が目につくようになってきた。

しめった土の登り道はゆるやかに続いた。何世紀かにわたる人々の往来のためになめらかに踏みならされ、歩くにほとんど不自由はなかった。

骨がなくなった分、通路も広くなり、礼拝所とともに生活の場として使用されていたあとも見えて、辛気くさいところがだいぶ減ったのでブランとしては大いに気が楽になった。やはり人間の骨があれだけ山をなしているというのは気味のよくないものである。骨のかわりに、土を掘った寝台や石の机が壁を掘りくぼめた室内に設置され、小部屋のように区切られている。書棚ごとぼろぼろに朽ちたまま、壁になだれかかっている経文が室内のなかばを埋めている一室もあった。祈りに使われていたのか、鐘や祭壇のあとらしい素朴な木組みが残る部屋もあり、質素な家具の残る場所もある。人の暮らす場所には付き物の什器《じゅうき》類や箸が土を掘った棚にきちんと重ねられている。煤《すす》のこびりついた鍋釜、共同のかまどや煮炊きの跡など、生活を感じさせる区画もあった。子供らの教育に使われていたと見えて小さな椅子や石版のかけらが散らばり、ほとんど褪《あ》せてはいるがわずかに色を残した動物や鳥、花の愛らしい絵の残る一角もある。たどたどしい字でつづられたミロクの言葉の断片が枯れてなお美しい花びらのようにそこここに散っていた。かつてここに暮らした人々が、原始ミロクの教え通りに質素で平和な日々を送っていたことが容易に想像できた。

「さよう、はじめてミロクをあがめた人々はここに暮らしておった」

ブランの問いに、ヤモイ・シンはうなずいた。

「はじめの人々は家を建て、都市に住み、壁や屋根を飾ることすらミロクの清貧の教えに反するとして、ここに家族とこもり、自然からミロクの恵んでくださるものだけを食べて、ただ祈りと勤勉、そして平和のみをもとめて暮らしておった。だがしだいにミロクの教えに感ずる者が増えると、ここに収まりきらぬ者も出るし、それまでの生活を捨てきることもなかなかできぬ者もおる。

ミロクは無理や無茶を勧めてはおられぬ。皆が皆、おのれを捨てて祈りにのみ生きることはできぬのをミロクは理解してくださる。そこでここでの暮らしを不便に感ずる者、人生の途中にあってミロクに出会いはしたが、しがらみによってそれまでの生活を捨てられぬ者は、この場所の地上に都市をつくり、そこでミロクをあがめつつ新たな生活を始めた。それがミロクの聖都ヤガのはじまりよ」

「そのヤガが、今ではろくでもないぽん引きと魔道師どもの巣窟だ」

ぶすっとブランは言った。

「御僧がたのミロク談義はけっこうだがな、さっきも言ったように、俺は剣士であって、野蛮きわまりないことには剣を振り回すかこの拳で殴り倒せる相手しか実感がわかん。ミロクの慈悲は広大無辺、まあ確かにそうなのだろう、だが俺の慈悲はそれほど広くも深くもないし、敵に対しては慈悲などほとんど持ち合わさん。俺としては一刻も早く剣でたたき切るか拳で殴りつけられる相手を見つけて目的を果たし、さっさとこのうさんくさい都市をおん出たい」

「野蛮であることがわかっておる程度には賢いらしい」

ソラ・ウィンがぼそりと呟き、ブランはむっとして振り向いたが、枯れ朽ちた老僧はそしらぬ顔をして、黙々と歩みを運ぶだけであった。

やがてかつての人々の住居跡もぬけて、暗い通路が続くだけになった。わずかに残っていた燐の明かりも絶えて、あたりは足下もさだかならぬ暗闇に包まれた。それでも二人の僧は明かりの有無など関係ないといわんばかりに、まったく早さを変えずにすたすたと先へ行ってしまう。

「おおい、待ってくれ、お二方。俺は御僧がたほど悟ってはおらんのだ、えい、くそっ」

顔にへばりついた蜘蛛の巣を払いのけながらブランは罵《ののし》った。

「明かりがなくてこんな悪路は歩けん。少しは加減してくれ」

「智慧《ちえ》無量光《むりょうこう》、意即妙法《いそくみょうほう》」

と唱えてヤモイ・シンはくっくっと笑った。

「ミロクの教えはけっして消えぬ精神の光よ。しかしいまだミロクを知らぬおぬしがそこまで悟っておらぬというのも道理。どれ、ここで待っていてやるから明かりを借りてくるがよい。先ほど通り抜けた先人の住居に灯明の一つや二つあったであろう。闇に踏み迷う者が灯りをひとつ拝借したところで、ミロクはなんともお思いにはならぬ」

「ああ、そりゃあ、ありがたいな」

　ぼやきながらブランは闇の中を手探りで戻ってゆき、住居跡のならぶあたりへ戻って、いささかの罪悪感を覚えながらもあたりを物色した。台所跡らしきところから栓をしたままの油の瓶と、まだ灯心の残った持ち手付きの灯明皿を見つけた。かまどのそばには火打ち石もあったので、首尾よく火をつけ、明かりを手にすることができた。

　息をつき、ゆらめく火にほのかな安心感を抱きながら灯明を持ち上げたとき、遠くから、かすかに奇妙な音がこだましてきたような気がした。

　ぎょっとして耳を澄ます。また聞こえた。妙に引き延ばされ、くぐもってはいるが、どうやら人の声のように聞こえた。

「御僧がた」

　火を消さないように気をつけながら、ブランは急いで二人の待っている場所へと駆け戻った。

「聞いたか。人の声のようなものがしている。いや、おそらく人のものだと思うが、妙な声がする」

「知っておるよ。われらには先ほどからとうに聞こえておった」

　ヤモイ・シンが平然と言い、ソラ・ウィンがむっつりと頷いた。ブランはまたむっとした。

「それならそうとなぜ早く言ってくれんのだ。あれが敵であればどうするつもりなのだ」

「あれは敵ではない。哀れなもの、哀れなものよ」

ヤモイ・シンはそう告げ、胸の前でミロクの印をきると小さく何か経文を唱えた。ソラ・ウィンも同じく経文を呟いて、ミロクの名を唱和する。ブランはじれた。

「なら、なんなのだ。俺は救い出すべき者があるとさっきから言っているだろう。あれが敵でないのならよいが、もし俺の救うべきどちらかの者が苦難に遭っているのだとしたら」

「まあ来るがよい、せっかちな剣士よ。まずはあの哀れなものを救うてやらねばならぬ。物事は順があるでな」

ヤモイ・シンはゆったりと腰を上げて、またすたすたと暗い地下道を進み始めた。ソラ・ウィンも渋面を崩さぬままあとにつづく。ブランは灯明皿のたよりない火を消さないようにしながら、蜘蛛の巣をよけ、突き出た岩をくぐり、足下の穴ぼこをまたぎ越えて、二人の老僧の滑るような足取りにようやくついて行った。

やがていくらか明るい場所に出た。かなり地上が近くなったらしく、頭上のどこかから、月の光らしい青白い光が剣のようにまっすぐ差してきている。ブランは灯明を高くかかげ、あたりを見回した。

どこをどう通ってきたのか、ブランにはまったくわからなかったが、それまでのほとんど人の通ったあとのない場所とは、雰囲気が違っていた。ここにはわずかながら、人の気配がある。ブランは鼻を動かして、用心深くにおいをかいだ。

かびくさい冷気の中に、なにかひどく嫌悪感をかき立てるものがあった。悪くなった油と腐ったごみを混ぜ合わせたような、背筋のぞっとする異臭。ブランは目を細め、灯明をゆっくりと回してみた。

粘土と石でできた通路は埃まみれで、点々と黒い汚れがつき、光のとどかぬところで小さななにかがさっと闇に隠れた。あたりは静まりかえっていたが、空気が妙にざわついている。ブランは肌に小さな蜘蛛が這うように、そのざわめきを感じた。灯明皿をもてあましながら後ずさりし、ブランは腰にさした太い骨を手探りした。

「御僧がた。ここには何かがいるぞ」

「おるともよ。われらはその声を聞いてここまできたのだからな」

ヤモイ・シンはそう言うと一足踏みだし、ふっと影の中に消えた。

ブランはあわてたが、つづいてソラ・ウィンもふっと消えたのに気づいて、腹をくくって二人の消えたあたりにつっこんだ。

すると二人は単に巧妙に隠されていた扉をくぐっただけだったとわかった。三人は一見何もない、四角い部屋の中に立っていた。ブランは驚いて後ろを見たが、どこから入ってきたのか、見てもよくわからない。ただ四角い角と壁の面があるばかりに見える。

室内はほの明るく、壁と床は変になめらかな生白い材質でできている。ふれるといやに温かく、ブランはぞっとして手を引っこめた。まだなめしていない生皮を張ったような、ぬめったおかしな手触りがした。

さほど広さはない。ブランたち三人が両手をのばして並べば、壁から壁へ届くほどだろう。空気は熱がこもって蒸れくさく、苦いような薬っぽいにおいと、外でも感じた油臭い異臭がまじりあっていた。

「誰もいないではないか」

そう言いながらも、ブランは背筋にぞくぞくするものを感じていた。いや、いる。ここには誰かがいる。誰かがいて、ここに入った瞬間から、食い入るように自分たちを見つめている……

「いや、おる」

ソラ・ウィンがしわがれた声を張った。

「ここに、哀れなるものがおる」

「生きながら堕地獄の仕打ちを受けた者よ、わしらはここにおるぞ」

ヤモイ・シンが、ずんと腹に響く大音声を発した。

「現れて、声を聞かせい。ミロクの光は汝の上にも降り注ぎ、慈雨《じう》は汝を焼き焦がす業火の海をもなだめ散らすぞ。いかなる因果が汝をここな地獄に導いたか、申し聞かせい。ミロクはあらゆる罪を知り、お赦《ゆる》しになる」

　ヤモイ・シンの声はびりびりと空気を揺らし、部屋をゆすり、ブランの全身に大槌でうたれたような衝撃を与えた。灯明皿が手から放れ、からんと音を立てて転がった。火のついた灯心と熱い油が、床に広がった。

『ああああ、熱い、熱い』

　いきなり周囲四方からかぼそい悲鳴が聞こえて、ブランは飛び上がった。

『熱い、熱い、お許しを、ミロク様、ヤロール様、カン・レイゼンモンロン様。お慈悲を、お慈悲をくださいませ。もはや耐えられませぬ、どうか殺して、殺してくだされ、ああああ』

3

「誰だ！」

身についた戦士の本能のままにブランは骨を引き抜いた。本物の剣のように人骨はするどく空をないだが、打ち据えられるべき実体はなにもなかった。もしいれば一撃で頭を砕かれるか、背骨を折られる必殺の一閃だったにもかかわらず。踵《かかと》の下で火が揺れ、チリッと音を立てて消えた。

『ああ、熱い、熱い、苦しい。痛い』

姿なき声は身もだえるようにどこからともなく続いた。

『ミロク様、ヤロール様、なぜ殺してくださらぬか。わたくしが悪うございました、無能なしもべをどうぞご寛恕ください、ミロクの広大なる慈悲によってこの苦痛から解き放ってください、もうこれ以上は耐えられませぬ、いっそ狂わせて、正気を取り払ってくださいませ。ああ、この重荷！　狂気の闇に包み込まれてしまえばすべて忘れられるものを、いまだに何もかもをはっきりと感じておらねばならぬ！　ささいなあやまち、いいえ、わたくしはやれるだけのことはすべてなしました、お褒めの言葉さえいただきましたではございませぬか、それがなぜ、たった一度のしくじりでこのような……お慈悲です、ヤロール様、カン・レイゼンモンロン様、どうかこのねじ曲げられた肉体から命を、さなくば正気を、お取り上げくださいまし！　ああ、またやつらが来る！　来る！　やって来る！』

「静まるがよい、哀れなるものよ」

ヤモイ・シンがずしりと響く声でまた言った。苦痛の中にのたうつような声はぴたりと途切れ、不気味な静寂がやってきた。いや、静寂ではなかった。よく聞けば、その奥には苦しげな人間の喘鳴《ぜんめい》に似た耳障りな呼吸音と、こちらをじっと窺っている粘りつくような視線が感じられた。ヤモイ・シンはしぼんだ腹の上に手を組んで天井を見上げた。

「わしらが見えるかね」

『……見えております、僧都《そうず》がた』

用心するような、あるいは怪しむような間をしばらく置いて、声は応じた。

『しかし、わたくしの記憶によれば、もはやあなた方はお二方ともミロクのみもとへ旅立たれて久しいとばかり。いささか変わられてはおりますが、そのお姿、確かにヤモイ・シン様、ソラ・ウィン様。そちらの、蛮族の戦士らしき男は見知りませぬが』

「なんだと、この」

俺は蛮族などではない、と足を踏み出しかけたブランを、ソラ・ウィンが後ろから有無をいわさぬ手で摑みとめた。

「ほう、それは、愉快だの」

ヤモイ・シンはゆっくりと首を振った。

「わしはこの通り生きておるし、こちらの頑固坊主は、自らの意志で骨の御堂に入って祈りを捧げることにしたはずだがの。二人とも、残念ながらミロクのみもとへは行かずじまいよ。なぜそういう間違いをされたのかな。気がつけば骨の御堂におったわしはともかく、ソラ・ウィンがあそこへ入ったことは周知の事実と思うておったが」

『そ、それは、その』

声は逡巡するように口ごもってから、おそるおそる、

『恐れながら、あの骨しかない、水も食料も光もない地下御堂に閉じこもられて二十年、いかにミロクの教えに身を捧げられた有徳のお方であろうとも、まさかに生きているわけはあるまいと』

「いいかげんにしろ、このかたりめが」

苛立ったブランが怒鳴った。

「読めたぞ。貴様はこのお二方を骨の御堂に放り込んだ一味の仲間なのだろう。〈新しきミロク〉のいやったらしい操り人形め、真のミロクの信徒として名高い高僧二人を地

下に押し込んで、これで済んだと手を叩いていたのだろうが、この御僧がたは貴様らなどが考えるよりはるかに修行ができておられたのだ。さあ、名を名乗れ、そして貴様らの陰謀を吐いてしまえ。貴様は誰だ、名は何という。姿を現せ、腰抜けめが。今すぐ出てきて俺の目の前にひざまづくなら、頭をぶち割るのは勘弁してやる」

「控えよ、剣士。そなたは少々うるさすぎる」

ソラ・ウィンが皺だらけの顔をますますしかめて唸った。さらに続けて怒鳴ろうとしていたブランはしぶしぶ口をつぐみ、ヤモイ・シンが童子のように澄んだ慈眼を天井に注ぐのを見守った。

「うむ、まあ、とりあえず顔を見せてくれい」

のんびりと、ヤモイ・シンは言った。

「顔が見えぬでは、少々こちらも話しづらいでな。思うに、姿は無理でも、顔くらいは現せると思うのだが、どうだの」

またしばらく間があいた。部屋の温度がわずかに上昇し、額にわいてきた汗をブランはそっとぬぐった。薬くさい苦い臭いに、すっぱい胃液のような臭いが混じりはじめた。

『恥をおさらしいたします』

声はとうとう言った。

『もはやどれだけの時がたったかわからず、一刻が百年にも感ぜられますが、わたくしにできるのは、ただ声と、こうして人間の姿を保っていた時の一部を再現するだけなのでございます』

するとブランたち三人が相対しているなま白い壁の目の高さより少し上の部分が、わずかに隆起しはじめた。

はじめはただの光の加減かと思う程度だったが、それは皮膚の下で蠢《うごめ》く寄生虫の塊を思わせる動きでもぞもぞと動き、膨らみ、へこんだ。

やがて、一つの肉の人面がそこに姿を現した。

色はなく、目鼻口はすべてそろっているが、つるりとしていて粘土でこしらえた雛形のようだ。だがその仮面のような顔は、見ているうちに動き、はっきりとまばたきをした。切り込んだような唇が開いて、長いため息をついた。なんともいえぬ不気味さにブランは思わずドライドンの名を胸中に唱えた。

「名を告げよ、哀れなるものよ」

ソラ・ウィンが鋭く尋ねた。

『ルー・バーと申します』

四方から聞こえてくるように思えた声は、顔が表れたことでそちらから束ねられて聞こえるようになっていた。白い肉の粘土でこねられた唇が動くのはどこか大きな太った蛆虫が身をくねらせるようで、ブランはぞっとして目をそむけた。

『超越導師ヤロール様、大導師カン・レイゼンモンロン様のもとで、ミロクの五大師のうち一席を拝命し、〈新しきミロク〉の教えを広めるために日夜尽力してまいりました』

「うむ。で、なぜこのような仕儀に陥ったのかな」

ヤモイ・シンが、こちらは優しく問いかける。

『ああ、それが、たったひとつの間違いからなのでございます。わたくしにはどうにもならぬことでしたのに。ミロク様、お助けを！　懺悔《ざんげ》いたします、わたくしは懺悔いたします！』

顔はぐにゃぐにゃと歪んでほとんど目鼻の見分けもつかなくなった。

ソラ・ウィンが軽く手をあげ、いくつかのミロクの聖句らしきものを発した。肉の面は動きを止め、徐々にもとの人間の面に戻っていった。戻ったとき、体もないというのに、面は目を見開き、息を切らしていた。眼球もまた白く、肉そのままで、口中の歯も舌も色のない粘土のようだった。

『とある貴人を囲い込み、〈新しきミロク〉に迎え入れるのがわたくしの役目でございました』

ようよう落ち着いたらしく、肉面はいささかたどたどしい口調でまたしゃべり始めた。

『ところが、その貴人はなかなか情ごわく、わたくしの使っておりました手駒の囲みをすり抜けて、ヤガの外へ逃亡しようといたしましたのです。加えて、もう一人、さる王族の血を引く知られざる御子を手に入れるよう命ぜられてもおりましたが、これもまた見つけることができず、結局、〈ミロクの使徒〉さまがたのお手をわずらわせた末、貴人のほうはなんとか手に入れたものの、もう一人、王族の血を引く子の方はまんまとヤガを逃げ出して行方をくらましてしまい』

「待て、貴様」

もう黙っておられず、ブランは骨をつかんでぐいと身を乗り出した。

「貴様、もう一度言ってみろ。貴人？　王族の血を引く子？　それはパロのヨナ・ハンゼ博士、そして、フロリー殿の御子、ゴーラの王子小イシュトヴァーン殿下ではないのか。言え！　貴様がお二方を狙い、あの怪物をいたいけな幼児とその母親にけしかけたのか、答えろ！」

『わたくしはなにもしておりませぬ』

泣き声で人面は応じ、また目鼻の見分けのつかぬほどくしゃくしゃと丸まった。

『わたくしは配下の者に命じ、ヨナ・ハンゼ博士をヤガにとどめて、〈新しきミロク〉のみ教えに触れていただこうとしていただけでございます。しかし、あの方は実にすばやく聡《さと》く、同行されていた戦士もきわめて敏捷で、わたくしが誘い込もうとする手をことごとくすり抜けられたために、とうとう業を煮やしたカン・レイゼンモンロン様のご命令で、〈ミロクの聖姫〉ジャミーラ様のお手をわずらわすこととなったのでございます』

「〈ミロクの聖姫〉。ジャミーラ。はて、聞いたことのない名だの」

ヤモイ・シンの口調はあくまで悠揚せまらぬ穏やかさである。

「そやつが〈新しきミロク〉の抱えておる魔道師だ、御僧」

苛々とブランは囁いた。

「ほかにまだ二人いる。いや、もう一人か。あのスーティをさらった怪物ももと魔道師ではあると老師から聞いている――がまあ、しかし、あれはもはや意志もなにもなくした木偶《でく》にすぎぬとか。とにかく、今三人の邪悪な魔道師が〈新しきミロク〉のお抱えとして、〈ミロクの使徒〉を名乗り、怪しいわざをとり行っている。俺はこの目でそれを見てきたのだ」

「なるほどの。まあ、それはあとで聞くこととしよう。で、おぬし、ルー・バーとか申したかの」

歯ぎしりせんばかりのブランを手真似で黙らせ、ヤモイ・シンは肉面に向き直った。

「で、おぬしは命ぜられた仕事をやりこなせなんだので、このような罰を科せられておると、そういうことかの」

『わたくしの罪ではございません』

めそめそとルー・バーの顔は愚痴った。

『わたくしはあくまでカン・レイゼンモンロン様のご命令に従い、騒ぎを起こさず、ミロクの平和のうちにヨナ博士を〈新しきミロク〉にお迎えするつもりでございました。博士がヤガを逃れようとなさったときも、わが駒に追っ手をかけさせ、ことも なく大神殿へお連れするつもりでございましたのです。博士がおひとりならばたやすい仕儀であったでしょうに、ともにおられた戦士が』

「それはそうだろうな。草原の鷹、アルゴスの黒太子スカールと呼ばれたあのお方が、貴様らごとき邪教の徒の手に負えるはずはない」

ブランは冷笑した。

「で、貴様はしくじったおかげで役目をおろされ、五大師なる席も奪われて、〈ミロクの使徒〉どものご大層な手をわずらわせた罪でここへ押し込まれ、姿もなくその顔だけが残されているわけか」

声もなく肉面は悶えた。穴めいた口が苦悶にゆがみ、目が飛び出さんばかりにひきむかれて練り粉のような瞳孔のない眼球をむきだしにした。

『押し込まれているのではございません』

すすり泣きとともに肉面はうったえた。

『この部屋が、わたくしなのでございます。この部屋そのものが、わたくしの肉体よりこねあげられているのでございます』

　一瞬意味が理解できず、ブランは眉をひそめた。鼻をさす苦い臭いと酸っぱい胃酸の棘、そして悪くなった油をぶちまけたがごとき悪臭が急に強く感じられてきた。

『ベイラー様のお仕打ちでございます』

　ひいひいとルー・バーは泣いた。涙も練り粉の塊めいて、壁の中へすぐに飲み込まれていってしまう。

『ベイラー様はヨナ博士をジャミーラ様の手からお取り上げになったあと、あの淫売にふさわしい扱いを貴様に肩代わりさせてやろうとおっしゃって、わたくしをこのような身に。ああ、それればかりか、まだ――』

　はっとしたようにルー・バーは黙り、それからすさまじい恐怖の叫び声をあげた。

『ああ、やつらが来る！　今日もまた、あれらがこの身を食い荒らす！　やめてくれ、もうやめてくれ！　おお、この苦痛、この汚穢《おわい》！　狂気よ、我が身に来い、来てこの地獄から連れ出してくれ、あああああ！』

　なにごとだ、とブランがあたりを見回したとき、ヤモイ・シンが、つとそばへやってきて、ブランに背をくっつけるようにして立った。ソラ・ウィンも、背中側からブランを挟むように密着して立っている。

「なんだ、どうしたのだ、御僧がた」

急に身動きできなくなり、ブランは身をよじった。だいたいにおいて、とっさに自由に動けない体勢におかれると、彼にとってはひどく落ち着かないのである。

「あのルー・バーとかいうやつがなにか来ると言っているではないか。どんな相手であろうと、俺が叩きのけてやればあやつも安心するだろうに」

「おぬしの力ではおよばんよ、剣士殿」

ヤモイ・シンの声は沈んでいた。むっとして反論しようとするブランを抑え、

「どのような強力な剣士であっても、今よせてくるものどもには歯が立つまい。砂粒にも足らぬ蟻でさえ、百万匹集まれば巨人をも倒すのだ」

ソラ・ウィンは瞑目し、祈り紐を手に静かに経文を呟いている。ブランは骨の頭に油断なく手を置き、二人の僧にぴったりとはさまれたまま、四方に鋭い目を配っていた。

最初にやってきたのは、さらさらという布のこすれるような音だった。あるいは目の細かい砂がこぼれるような。

それから堅いもののぶつかりあうカチカチいう音、節のあるもののきしむ音が加わった。ざわざわさらさらという小さな音がたゆみなく続いて近づいてくる。わけ知らず、ブランの髪が恐怖と嫌悪で逆立った。

『おお！　来る！　おお！』

ルー・バーのひずんだ声がわめき、壁上の面がちぢんで穴に吸い込まれるように消え

た。声だけが残って凍りつくような悲鳴を長く響かせ、

『終わらせてください！　ミロク様、わたくしは罪人でございます、どうかお慈悲を！　ヤロール様、カン・レイゼンモンロン様、いや、いや、あの魔道師ども！　妖術師！　あのような者どものおよずれごとに耳をかすのではなかった！　ああ！　ああ！　お助けを、お助けを！』

　白々とした部屋のあらゆる部分から、悪臭を放つ黒い波のようなものがどっとわいて出て、一瞬のうちに部屋中にみちみちた。

　ブランは嫌悪と臭気に目をくらませながらも、それがおよそ考えられるかぎり大量かつ多種にわたる毒虫や屍虫、腐肉をあさるおぞましい蟲どもの、吐き気を催す大群であることを見て取った。

　茶色い翅をぬめらせた塵芥《じんかい》あさりの油虫をはじめとして、棘のある多脚をうごめかす蚰蜒《げじ》、毒の滴る牙を開閉させる百足《むかで》、毛だらけの拳ほどもある大蜘蛛、目のない蛆虫、巨大な蜂、蚋《ぶゆ》、毒蛾、刺草《いらくさ》のような棘で全身を覆われた巨大な毛虫。

　そういったあらゆる人間の感覚を嫌悪で突き刺すやつらが、どれもこれもぼってりと肥え太り、脂ぎった翅や脚や膨れ上がった腹などをうねらせて、きしきしざわざわと空間という空間をうずめてぎっしりと部屋中に押し合いを始めた。

　ブランはこみあげてくる吐き気をこらえて目を閉じた。沈もうとする船から汚れた毛

皮の滝となって逃れ出る鼠や船虫の群は目にしたことがあったが、この目の前の光景はその一千倍も酷かった。

鼠どもは自然な生存本能に従って逃げ出していたのであって、このけがらわしい虫どものように邪悪な意志に操られていたのではない。ルー・バーの狂ったような叫び声が、真っ黒な壁となって蠢く蟲どもの奥から聞こえてくる。

『助けてくれ、助けてくれ！　痛い、痛い、焼けるようだ、誰か俺を焼いてくれ、こいつらともども火を放って焼き殺してくれ！　ミロク様、お許しを！　お慈悲を！　広大無辺の慈悲をもって、この罪人にお救いを！　追い払ってくれ、たのむ、誰かこいつらを追い払って――』

もはやあとはわけのわからない妄言になった。蟲どもはてんでに蠢きながら壁にとりつき、ざわざわ蠢き回り、嚙み、刺し、汚らしい体をこすりつけて這い回った。

生白い皮のように感じられていた壁はみるみる、本物の人間の肌のようにあちこち変色し、刺された傷は青紫に腫れ、裂けて血膿をこぼした。

ルー・バーの叫び声とともに、自分の立つ床が身悶えするかのように揺れ動くのを感じて、ブランはぎくっと片足を床から離した。

「動くでない！」

ソラ・ウィンが低声で叱った。

「動けばそなたも虫に襲われるぞ。じっとして、われらに摑まっておれ。このものどもはこの室にいるものを責め立てるために魔術で操られているのだ」

「そんなことくらいは俺にもわかっている」

ブランは早口にささやき返した。

「だが、床が動いた！」

「この一室そのものが人間なのだ」

ヤモイ・シンが静かな声で言った。片手を胸の前に立て、ミロクの真言を口中に唱えながら、そっと祈りの印をきる。

「この者はおのれの失敗のために人でありながら人間の肉と肌でできた密室に変えられ、日ごと、毒虫と害虫の群れに責められる罰を受けさせられているのだ。おう、ミロクも照覧あれ、なんという光景か。地上の地獄とはまさにこれよ」

あまりのことに麻痺したようになっているブランの鼻先を、黒光りする巨大な蚋が頭蓋をゆさぶるような低い羽音をたてて飛びすぎる。

逃れようと視線を落とすと、破れて指の見えている靴のまさに見えている指の前を、まるまる太った蛞蝓《なめくじ》と蛭《ひる》の群が粘液の跡を光らせながらぞろぞろ行進していくところだった。蛞蝓はぎらつくいやらしい這い跡を残しながら壁から床へむらがり、ひょろりとした蛭どもはところかまわず吸いついて、おぞましい果物のようにみるみる血でまるまると膨れあがった。

百足が油光りする背中をうねらせながら生きた濁流となって行進し、ひょろ長い足をもつらせる蚰蜒が蠢く草の玉のようになって転げてゆく。いやらしい太った蛆虫がうねくりながら肉を求めて血まみれの傷口にたかり、しみ出た漿液には蜜を求める蜜蜂のように緑色の蠅や蚋、おびただしい小蠅、大顎を振り立てた肉食性の赤蟻などが集合し、いたるところに真っ黒な塊になって蠢いている。

逃れようと空中に目を転じてもそこはやはりぎっしりと虫どもで埋まり、節のある腹、からまる足、汚穢の中を転げ回る糞虫や油虫の見るもぞっとする群舞が繰り広げられる。濃い悪臭と酸の臭いは、まるで呼吸する空気そのものが虫でできているかのようだ。息をすれば自らも汚染されるような気がして息を止めていても、耳から肌から、嫌悪をそそるさざ波のようなさわさわいう音や羽根が空気をゆさぶる重い震動、蠢くものどもがそばを這っていくひやりとした気配は追い出せるものではない。

羽根を重ねて飛び回る虫どもはお互いがぶつかろうが押し合おうが気にもしない。耳を突き刺す不快な羽音、甲皮のこすれるさらさらカチカチという音、小さな口吻《こうふん》がたてる咀嚼《そしゃく》音、そしてルー・バーのたてる切れ切れな悲鳴、そういった吐き気をもよおすさまざまなことから、逃げられる場所はどこにもない。

ブランは悪臭と目にするもおぞましい光景にいつの間にか目をきつく瞑っていたが、

とうとう耐えきれず叫んだ。

「御僧がた、この哀れなやつを救うてはやらんのか。こ奴を救うためにここへ来たと言ったではないか。このいまいましい虫けらどもを追い払って、こいつの苦しみを除いてやってくれ、頼む！　畜生、俺まで頭がおかしくなりそうだ」

ソラ・ウィンとヤモイ・シンは微動だにせずじっと立って経文を唱えている。それが虫どもの大群からブランたちを守っているのか、紙一重のところで虫どもは三人を無視しているが、てらてらした油虫やぎとついた蛆虫が川のようにそばを流れていくと、さしものブランも恐怖と嫌悪で狂ったように叫んで走り出したくなってくる。

「如是畜生《にょぜちくしょう》、至皆虫魚《しかいちゅうぎょ》、正機得会菩薩《しょうきえぼさつ》、非具性穢《ひぐしょうえ》、発菩提心《ほつぼだいしん》」

ヤモイ・シンの経文がひときわはっきりと耳に届いたと思うと、二人の高僧は共に脚を強く踏み鳴らし、「喝《かつ》！」と一声を放った。

二人の僧の晴れた空に響く雷鳴のような一喝がどこまでも長く響きわたった。すぐそばで耳にしたブランは己が小さく縮み、広大な天空を前にして、細かい塵になってびりびりと振動するように思った。

「これ、もう目を開けてもよいぞ、剣士殿」

ヤモイ・シンの穏やかな声が聞こえた。

いつのまにかブランは小児のようにしっかりとふたりの僧の衣をつかみ、ぶら下がるように身を縮めていた。老僧の声にはっとし、子供っぽい真似をしたことに恥じいりながらそっと目を開けて、あっけにとられた。

「虫がおらん！」

「下がらせたでな」

ヤモイ・シンの口調はいかにも当然という調子であった。

「まあ、あれらもある意味命じられた役目をこなしているばかりであるから、それを途中でやめさせるのは少々忍びぬが、さすがにあのままでは、われらもどうにも動けんでの」

「忍びぬもなにもあるものか。ああ、すっとした」

ブランはほっと息をつき、まだ嫌な臭いは残っているが、ようやく大きく息のできるようになった嬉しさに深呼吸して、むせてせき込んだ。

「それで、あのルー・バーとかいう奴は」

ソラ・ウィンが静かに手をあげて壁をさした。つられてそちらを見たブランは、また息をつまらせかけて口を抑えた。

部屋中が、毒虫に蹂躙《じゅうりん》され刺され放題裂かれ放題になった痕だらけだった。

毒虫に刺された痕は異様な紫や胸の悪くなるような黄色に腫れ上がって、血膿と漿液を垂らしている。蛭にそろって食いつかれた痕は圧に耐えきれず裂けて、血まみれの中から内臓ではないかと思われる肉の器官がだらりとはみ出していた。

およそ室内で傷ついていない、汚れていない場所などない。あちこちに油虫の糞が腐った種のように山をなし、棘や針に割かれた痕は痛々しく腫れ、てらてら光る蛞蝓の這った跡が薄気味悪い虹色の粘液をまだ垂らしている。

力なくすすり泣く声がした。苦しみの極致から一時解放されて、かろうじて正気をとりもどしたらしいルー・バーの声だった。

『ああ、ありがとうございます。ありがとうございます』

涙ながらに感謝している。

『あの責め苦にほとんど一日中苦しめられ続けるのです――力つきて気を失ったあと、いつの間にか傷の治った状態で目覚め、再びまた虫に責められる――もうどれくらいそれが続いたことか、もう思い出せませせぬ』

「われらに感謝は不要」

そこへ無情なソラ・ウィンの声が重なった。

「われらはただ一時、かの毒虫の群れを払ったにすぎぬ。あれらはわれらとはまた別個の術によって操られておる。今はわれらの訣《けつ》で退散したが、もとの術者の術をとかねば、あれらはまた襲い来るぞ」

『そんな！』

再びルー・バーの声が恐怖にゆがんだ。

同時に、正面の壁に、また肉の白い面が浮かび出てきた。面とはいえ、それは虫に刺され傷つき腫れ上がった無惨な一部に浮かび出てきたもので、もともとのつるりとした不気味さ以上に、きわめて凄惨な形相となっていた。

『それでは、またあの虫どもはここへ来るのですか。わたくしはまたあの責め苦にあわされるのですか』

腫れ上がった唇で面はそうわめいた。ソラ・ウィンはむっつりと口を閉ざしている。ヤモイ・シンは哀れむように見つめていたが、

「わしらには、これ以上はどうにもできぬ」

と口を開いた。

「ともかくも、今はの。わしらはこれより、そなたをこの術にかけたと思われるものどものところへ向かうところよ。そこで術者と会うて術を解いてもらえばなんとかなろうが、確かにおぬしにかけられた術は、わしらの知っているどのような魔術でも妖術でもない。こちらの剣士殿がおっしゃるとおり、異界の魔道なのかもしれぬ。しばしここに虫を避けるしるしを遺すこともできようが、おそらく、長持ちはせぬな。また気づかれて消されればそれまでであるし、そうなれば、おぬしがもっと激しい責め苦にあわされることになるやもしれぬ」

「すべてはミロクのご意志であり、試練である」

ソラ・ウィンが合掌して言い放った。

「そなたがこうして責め苦に遭うのも、ミロクが身に受けられた苦難の一端をその身に受けると思わばまたとない行となる。われらはそなたを救いに来たが、それはすなわち、このミロクの教えをそなたに思い起こさせるためであって、そなたから修行の機会を奪おうとするものではない」

『修行！　まさか！』

ルー・バーは泣きわめいた。立っていられぬほどに部屋が揺れ動き、ブランは思わず壁に手をついて、ぬらりと手のひらに触れた血と漿液のまざった汁にぞっとした。

『いいえ、いいえ、これは修行などではございません。こんなものがミロクの修行だなどと、どうぞ言わないでください。お助けを、導師、お助けを。二度と〈新しきミロク〉などというものに関わりはいたしません、真のミロクに帰依し、清貧と修行の生活に戻ります、どうぞどうぞお願いいたします、どうか、どうか』

「もしその頼みを聞き届けられるとしても、わしらにこの術を解くすべはない」

ヤモイ・シンも静かに告げた。

「こういったものはミロクの徒であるわれらの意図の外にあるのだ。おぬしのことは哀れに思う、ルー・バーよ、わしはソラ・ウィンほどの石頭ではない。よっておぬしの苦痛も理解する。しかし、わしらにはこれ以上、どうすることもできんのだ」

『ならば殺してくださいまし！』

地震のように部屋が揺れ、よろめいたブランは油虫の糞の山の上にあやうくしりもちをつきかけた。

『どうぞ殺してくださいまし、これ以上この責め苦に耐えるならば、ひと思いに死んでしまったほうがましです！　いまだ生かされている以上、わたくしもまた死ぬことができるのでしょう、それとも、死ぬこともできぬ魔術がほどこされているのですか？　ああ！』

「わしの見るところ、不死あるいは蘇生の術はないようだな。傷が迅速に復活する程度のものだ」

ヤモイ・シンは首をかたむけて空中を透かすようにしている。

「おそらく、正しい場所に、正しいやり方で一撃を加えれば、おぬしは現在の生から脱し、輪廻の輪に戻ることができるであろう。そこから先のことは、ミロクのみがご存じよ」

『ならば早く、早く殺してくださいまし』

ぐらぐらと部屋が揺れる。ブランは立っているのがやっとなほどだった。

『こうしている間にも、またあの毒虫が雪崩のように押し寄せてくるかと思うといてもたってもいられません。だというのに、逃げることも、狂うことも、わたくしには許されていないのです。唯一の逃げ場が死だというならば、今すぐわたくしをそこへ送り届けてくださいまし。来世どのようなものに変わろうと、たとえそれこそ蛆虫の一匹に生まれようと、この惨めな地獄に閉じこめられるよりはずっとましでございます』

「忘れておるのかな、ルー・バーよ」

ソラ・ウィンが言い聞かせるように告げた。

「われらはミロクの徒。不殺生戒《ふせっしょうかい》はミロクの第一の禁。なんであれ、他者を傷つけること、命を奪うことは、われらには許されておらぬ」

とたん、ごうっと部屋全体が鳴った。わめき声と悲鳴と号泣が入り交じったものが波濤の轟きのように室内をはねまわり、ブランを打ちのめした。二人の僧は彫像のようにまっすぐ立ち続けている。

『殺してくれ、ああ誰か、お願いだお願いだ、この通りだ』

ごうごうと揺れる部屋の中から必死の哀願が途切れ途切れに聞こえる。

『死にたい、お願いだから死なせてくれ、ここから出してくれ、これ以上一日たりともこの地獄に生きるならば！　自死もならぬ、何度試しても苦痛ののち再び万倍もの苦しみを与えられるばかりであった、誰か殺してくれ、ひと思いに！　あの邪教に耳を傾けたあの日とおのれが呪わしい、愚かだった、目の前にぶら下げられた富に栄光に目がくらむとは！　ミロク様、お慈悲によってどうぞわたくしの命をおとりください、この罪人をこの汚穢に満ちた牢獄よりお救いくださいミロク様、ミロク様』

じっと聞いているうちに、ブランはなにやら、身のうちでむずむずと蠢くものを感じた。習い覚えた戦士の心得である。

戦場で苦痛にのたうつ者に、慈悲の一撃を加えてやるのは船乗りであったころも、また騎士と呼ばれるようになってからも、一種の義務として、相手への礼儀であり敬意として、行われることであった。

死を求めてわめく醜悪な肉の面を見上げる。彼は死を求めていた。彼の受けている苦痛はおよそブランの知るどのような兵士よりも恐ろしく、まさに地獄と呼ぶにふさわしいものであった。

瞳のない眼球がぐるぐると蠢き、膿と血と漿液が涙のように顔全体をだらだらと流れている。裂けた壁からは青紫の静脈を浮かばせた腸がはみ出し、裂けた嚙み跡は毒々しい肉の花のように八方に開いて蜜のような黄色い膿をどろどろと滴らせている。そのようなものが部屋一つ分の面積に拡大された皮膚を隙間なく埋めつくすほどにあるのだ。おそらくいまこの瞬間も、想像を絶する痛みと苦しみが彼を襲っているに違いない。

「……御僧。ヤモイ・シン殿」

口を開いて、ブランは一歩足を踏み出した。手は腰の太い大腿骨に置いている。

「御僧は観自在とやら仰せだ。この者の、急所はわかるか。一撃で、苦しまずに死なせてやれるような場所は」

「さてな」

ヤモイ・シンは皺だらけの顔で、目をつぶった。

「先も言ったように、この手の術はミロクのものではないのでなんとも言えぬが。まあ、あるとすれば、まず、あの顔かの。この室全体がルー・バーの肉体の変形されたものなら、必ず心臓や脳など、貴重な器官もどこかに納められているであろう。しかし目印がない。ならば、唯一の印であるあの顔、としかわしには言えぬな」

「わかった。顔だな」

ブランは二人の僧の間からゆっくりと歩みだし、猫のような足取りで部屋を横切った。途中で腰から抜いた大腿骨を、力をこめて折る。骨は乾いた音をたてて折れ、かすかな丁字《ちょうじ》の匂いを立ちのぼらせた。鋭角に折れた骨は、ちょうど槍の穂先のようだった。

ブランが前に近づいたのも気づかぬ様子で、ルー・バーの顔ははげしく変形しながらわけもわからぬ叫び声をあげている。ブランは骨の折れ口を確かめ、ゆっくりと振り上げると、壁の肉面の真ん中めがけて、力をこめて振り下ろした。

とがった骨はあっさりと半ばまで顔に埋まった。ブランの手には肉ではなく、粘土を刺したような鈍い手応えがあったきりだった。一瞬、失敗したのか、という痛恨の思いが走り抜けたが、ルー・バーの叫び声がぴたりと止まり、口が半開きになったまま止まったのを見て、ひそかに胸をなで下ろした。

『おお……う、おお』

とがった骨に突き刺されながら、かすかな声が開いた口からこぼれた。

『痛みが消える……遠くなる……感謝いたします、ミロク様……わたくしは……今度こそ――あなた様に……』

「ひとつだけ、教えてくれ。ルー・バー」

ささやくようにブランは言った。

「スーティの母――フロリー殿と、それからヨナ・ハンゼ殿はどこにいる」

『わたくしも……よくは……』

いよいよか細くなる声で、ルー・バーはやっと言った。

『ただ、ジャミーラ様がお連れになったパロの貴人は、ベイラー様がお引き受けになったとか……いまひとりの女人はわかりませぬが……ベイラー様がパロの貴人をおとりになったとあれば、残りおふたかた、ジャミーラ様とイラーグ様が黙ってはおられまい……おそらくお二人のうちいずれかが、手に入れて囲っておられるのではないか、と』

「よく言ってくれた。感謝する」

ブランはそっと骨を抜き取った。

「眠るがいい。哀れな男よ」

顔は安堵したように目を閉じると、そのまま、溶け崩れるように形を崩して見えなくなった。

顔が完全に消えると同時に、ぐにゃりと天井や壁が曲がった。

それまで仮にも四角な線を保っていたものが、みるみるうちに垂れ下がり、凹み、粘土でできた箱を押しつぶすように崩れ落ちてくる。無惨に蹂躙された生白い壁は傷から大きくべろりと裂けて内臓をあらわにし、胃や肺やくねった腸がうねくり出てきた。どれもみなおそろしく巨大化し、解剖された巨人がのたうつように赤や紫や脂ぎった黄色の臓物が落ちてきてぐちゃりと潰れる。生臭い血と体液がどっと降り注ぐ。

「こちらだ、剣士殿、こちらだ」

ヤモイ・シンが縮んでゆく部屋の一隅に立って招いている。

「部屋の命が消えたので、この場所も消える。急げ。でなければこのまま飲み込まれて、この肉の殻ともども虚空に消えてしまうぞ」

「言われなくとも」

大波のように揺れ動く床を飛び越えてやっと二人の僧のもとに到達すると同時に、背後でぐしゃりと濡れた肉どうしの潰れる音がした。

耳をふさぎ、かたく目を閉じて、ブランは僧たちの後ろから跳んだ。

4

胃の中がひっくりかえるような心地がして、足が固い地面についた。

思いがけない衝撃を感じてブランはふらつき、あやうく地面に手をつくところだった。まだ悪臭が肌にまつわっている気がする。ルー・バーの断末魔と、その後のとんでもない光景はブランのまぶたの後ろでちかちかしていて、ブランはたまらず片膝をつき、こみあげてくるえずきをこらえた。二人の老僧は辛抱強いのかそれともなにも感じていないのか、なんの言葉も動きも見せずに影のように両側に立ちつくしている。

あたりは薄暗くひんやりした通路だった。これまでえっちらおっちら上ってきた暗い土の坂道とは違い、粗く切った石と漆喰で固められていて、黄色くなった漆喰壁のところどころに小さな油皿が作り込まれており、子蛇の舌のような朱色の炎がちらちらしている。

「どうやら、一気にどこかへ跳ばされたようだの」

ブランがようやく口をぬぐって立ち上がると、ヤモイ・シンが言った。

「おそらくここは、あの人間部屋、というのか部屋人間というべきか、それの様子を見るために造られていた通路らしい。最近は使われていないようだがの。まあ、あのような虫の群れに遭う可能性のある場所には、誰しもあまり近寄りたくはあるまい。しかし、この道があるということは、たどっていけばどこか人のいる場所にたどりつくということだの」

「少し待て。待ってくれ、御僧。いや、ヤモイ・シン」

口を押さえ、ふらつきながらもブランの声は鋭かった。

老僧はまったく動ぜず、燃えるようなブランの目を穏やかに見返した。

「うむ、何かの、剣士殿」

「あんたはあいつを俺に殺させたな」

ヤモイ・シンは答えなかった。ソラ・ウィンも。

ブランは酸っぱい唾を吐き捨てて立ち上がり、壁に背中をもたせた。灯火の中で揺れている二つのひょろながい影といくらか丸みを帯びた影が、とつぜん得体の知れないものに見えてきた。

「あんたは『哀れむべきものを救いに行く』と言った」

言葉の一つ一つが苦く感じられる。吐き気を押さえてブランは唇をなめた。

「だがそこであんたが実際にしたのは、あの狂気の淵に追いつめられた男をさらに絶望へ追いつめるだけのことだ。たった一時、あの責め苦から救われただけで、あとは自分たちの手には負えないから放り出していくとはなんだ。それが救うということなのか」

「われらにできる最大限のことだ」

　ソラ・ウィンが答えた。ブランは盛大に舌打ちした。

「なるほどな。ミロク教はすべてのことを受け入れる。あらゆる経験はミロクの経験した苦難をなぞると信じて耐える。他人を傷つけず、殺さず、誠実に正直に助け合いながら生きていく。俺はそういうのがミロク教だと思っていたよ」

「それがミロクの教えだ。別に、間違ってはおらぬ」

「では、死を求める男に、自分は不殺生を誓っているから殺してやれぬと言い放つのがミロクの慈悲なのか」

　剣で突き刺すようにブランは言い放った。子供のように澄んだヤモイ・シンの瞳はまたたきもせず、じっとブランを見つめている。

「そして他人を煽動し、自らは戒を破ることなく、その男を殺させる、これがミロクの智慧か」

　ソラ・ウィンはただ瞑目している。ちらちらと揺れる油火が枯れ木にも似た彼のそげた頬に影を落としている。

　ブランは言葉を切り、二、三度深く息を吸って、気持ちを整えた。

「誤解しないでもらいたい。俺はあの男を殺したことについて怒っているわけではない。確かにあの可哀想な奴を救うためには、殺してやるのがもっとも簡単で手早い方法だった。術者を見つけてあれを人間に戻させるなどと悠長なことはしておられんし、人間に戻したところで、恐ろしい記憶にその場で発狂するのが関の山だろう。だがな」

ブランは高くなりかける声をのみこんだ。なんといっても、ここはまだ敵地なのだ。どのような人間が近くに潜んでいないともわからない。

「俺が気にいらんのは、ヤモイ・シンよ、あんたが俺を使ってあの男に手を下したことだ」

ヤモイ・シンはゆっくり一度まばたいた。ブランは続けて、

「あんたはあの時、ああ言えば俺が間違いなくあの男を殺すだろうと読んでいた。観自在だったたか。その力で、何が起こるか見ていたのか。いや、そんなものを使わずとも、おそらくあんたなら、俺にあの男の苦しみを見せ、どこを刺せばよいか示せばたやすくその通りに動くと考えたろうな。そして俺はその通りに動いてあの男の苦しみを終わらせた。奴のためにそれは良いことだったと俺は信じたい、だが許しがたいのは、この俺、ドライドン騎士団のブランともあろう者が、くそ坊主の口車に乗せられて思い通り人形のように操られたことだ」

「さよう、わしはくそ坊主よ。知らなんだのかの」

ヤモイ・シンの声には少しの揺るぎもなかった。

「まず始めに、わしはヤモイ・シンと申す生臭坊主よと名乗ったであろう。わしは高僧でもなければ聖人でもない。それは周囲がかってにはやし立てておることで、わしには何の関係もない。わしはあの男を救うてやるためには何がもっとも有効かと考え、その通りに実行したまでよ。わしの手にはあの大きな骨を折って武器にする力はないし、それはソラ・ウィンも同じこと。あの場で、あの哀れな男の苦しみを終わらせてやれる力を持つのは剣士殿、おぬしだけであった」

「その口車にはのらんぞ。不殺生戒とやらいうご大層なもののために、俺に人殺しの役を押しつけたのだ」

「好きなように考えるがよいが、不殺生戒など生きておれば数限りなく破っておるよ」

あっさりとヤモイ・シンは言った。

「わしとても人の血で手を汚したことは幾度もある。この痩せ腕に力があれば、おぬしの助力など待たずにあの哀れな男を解放してやっておった」

都合のいいことを、と言いかけ、ブランは思わず言葉を飲み込んだ。ヤモイ・シンの黒い目がこちらを見つめている。黒玉のように黒く深く、恐ろしいほどに底なしの目だった。

その視線に見られていると体全体が透明になり、身と精神のありとあらゆる場所までくまなく見通されているようであった。われ知らず、ブランの手は細かく震えだした。

「破られるからこそ戒としていましめられておるのだ」

　嚙みしめるようにヤモイ・シンは言った。

「それらすべてを完全に身に備えておられるのはただミロクおひとりのみ、われら地上の者はいかに修行し教えを学ぼうとも、ミロクの境地には遠くおよばぬ。だからこそわしらは祈り、あがき、ミロクの絶対平和の境地を求めたてまつるのだ。この辛苦と悩みの輪廻の輪を脱し、おのれの胸のうちにいますまことのミロクと合一すること、それこそがミロク教の深奥であり、唯一の智慧であり目的であるのだ。ほかのことなどみな飾りにすぎぬ」

　ちぢかんで皺びた二人の僧がおそろしく重く、濃い影に変わったような気がして、ブランはたじろいだ。ヤモイ・シンの声が深甚と響いた。

「ミロクの教えとはよき生を送ろうと心の底より願うならば、おのずと胸のうちに湧いてくるものだ。ミロク教徒であるかどうかなど、さほどの意味はない。ミロクとはいずれそうあるべき真の人の姿であって、けっして外部に見いだすものではない。人に口伝を教えられ、あるいは偶像を奉って供物をささげることなど何の意味もないのだ、剣士よ」

「しかし、超越導師とやら名乗るヤロールは、それぞれがおのれの中に見いだすべきミロクを現出させ、人があがめるべき別種のなにものかとして祭りあげ、それが人を救うと説いているとか」

ソラ・ウィンが重い声で言った。

「それはミロクの教えからもっとも人を遠ざける考えにほかならぬ。どのような悪事に身を浸し、何百人何千人をも殺した盗賊、悪党であろうと、おのが身のうちのミロクに気づくならば、たちまち自らの立つ場所こそミロクの地上天国であると気づき、正機《しょうき》を得るであろう。しかし、ミロクを自身の外に求めるならば、人はただ永遠に迷妄の中に閉じこめられ、意味のない身振り手振りや空虚な言葉にまどわされつつ、むなしく生きて死んでゆかねばならぬ。われらが恐れにくむのは、まさにそのことなのだ」

なんと答えるべきか、ブランにはわからなかった。ただ枯れ枯れとした老僧二人が、いきなり理解しがたい、奇妙な、しかし超然とした別世界の生き物のように思えた。渇いた口をただ唾で湿しているうちに、ソラ・ウィンが干した干瓢《かんぴょう》のような首をのばして、通路のむこうを窺った。

「人が来る」

と彼は呟いた。

「おそらくルー・バーにかけられた術が破れたことに気づいたのであろう。早くここを立ち去るほうがよい。ここからなれば〈新しきミロク〉の徒のいる地下大神殿とやらに、たどりつくことも難しくはあるまい」

「では、こう参ろう」

ヤモイ・シンが何事もなかったように、分岐した通路の一つを選んで歩きだした。

「あいかわらず見通せぬ場所が多いが、つまり見られたくない場所が多いということは、そこが彼らにとって大事な区画ということであろう。まず、そちらへむかって進んでいけば、間違いはあるまいと思うのだが、どうだの」

「われもそう思うぞ、ヤモイ・シンよ」

「ほう。石頭のおぬしがわしに賛成するか。これはまた、珍しいこともあるものよの」

かっかっと笑いながらヤモイ・シンが先に立つ。ソラ・ウィンが後に続く。ブランは混乱と奇妙な畏怖を胸にかかえながら、二人の老僧のあとに、幼い子供のように頼りない足取りでつき従った。

第二話　豹頭王来訪

1

使者は朝焼けとともに尾根をこえてきた。

しだいに透明さをおびてくる空の下で馬具がかちゃかちゃ鳴り、軽装の騎士は冑《かぶと》の下で息を切らせていた。使者の印のケイロニアの獅子を染め出した長い幟《のぼり》をなびかせ、あがく馬に、この坂道を越えてしまえば城に着くのだとさかんに声をかけて励まし、汗まみれの肩を叩いて道を急がせた。

太陽がついに山頂をこえて姿を見せたとき、使者は腰につけた角笛を口にあてて力いっぱい吹き鳴らした。耳もとで鳴らされた大きな音に馬がびくっと横っ飛びする。上手になだめながら、騎手はなおも頬を膨らませた。朗々とした角笛の音が山に、谷にこだまし、はるか向かいの山腹に見えてきたワルド城の灰色の胸壁にも反響してのびた。

その頃にはすでに城壁に大勢の人間がひしめいていた。なにかきわめて重大な決定がなされ、おおぜいの使者がササイドン城を起《た》ったという情報は街道を下ってくる旅人や商人たちからすでに城の人々にも伝わっていた。同時に、これまで疫病のために閉ざされていたサイロンの市門が開かれ、通商や人の往来が再開されたと喜ばしい話も届いている。使者が運んでくるのがどのような話であろうと、悪い出来事はよもあるまいと、多くのものが考えた。

角笛が三度吹き鳴らされる頃には、使者は城への最後の坂道を登り始めていた。待ちきれずに、歓声を上げて城門を飛び出した少年たちが、先をあらそって使者の馬にとりつき、口々に慰労と問いかけと賞賛の言葉をあびせかけた。その頃にはすでに、使者に立てられた男が、ドース男爵に同行した騎士の中でもことに俊足で知られ、若く明朗な一人であることが確認されていたのだ。

「待ってくれ、まあ待ってくれ」

少年たちによってたかってしがみつかれ、もみくちゃにされながら、彼は苦笑を浮かべて城壁から手を振る人々に大きく幟をかかげて振り返した。

「男爵はもうすぐ戻ってこられる。俺はほんの先触れだ。話についてはお前たちもいずれ知ることになる。まずは戻って、男爵のお帰りの準備だ」

少年たちはわっと散って、それぞれの仕事にかかった。厩をあけるもの、水桶に水を入れに井戸へ走るもの、駆けに駆けて腹ぺこに違いない使者のために肉と葡萄酒をとりに厨房へ走る気の利いたやつ、そんな大騒ぎの渦にまきこまれながら、使者と馬は城の石門にひっぱりこまれ、中庭で下ろされた。

「おいこら、坊主ども、まずは使者殿を休ませてやらんか」

走り回る少年たちの頭上に年かさの騎士の大喝が飛ぶ。少年たちは一瞬びくっとなってその場に立ち止まり、つま先だってそっとそれぞれの仕事にかかった。馬が馬房につれてゆかれ、騎士が長靴を脱ぎ、台所女が運んできた熱い湯と布で体をぬぐっている間に、少年たちほどあからさまにではないが、情報に飢えている居残り組の面々が周囲に集まってきた。ひとしきり荒っぽい歓迎で背中や頭を叩かれ、手に手に葡萄酒やエールの杯を押しつけられながら、若い使者は快活に笑った。

「まいった！　そのくらいにしてくれ。それ以上飲まされては、このまま湯桶の中に落ちて溺れてしまう。くたくたなのだ、まずは食わせて、眠らせてくれ」

「男爵閣下はどのあたりにいらっしゃる」

やせた顎に無精ひげを生やしたせっかちそうな騎士が性急に尋ねた。

「モラク峠の下あたりに。明日にはおそらく城に到着されるだろう。戻ってもまたすぐに起たれるだろうが」

「なんと。また何かが起こるのか」

周囲を囲んだ騎士がざわめいた。使者に立てられた若者は複雑な笑みを浮かべ、そんなことはない、と答えて同輩たちを安心させた。

「大丈夫だ、黒死の病ほどの悪い出来事ではない。だが、喜ばしいこととよくない、いや、悲しむべき喪失の二つがある。いずれにせよ、俺はそれを口にする任にない。男爵が戻られたら、城内の者にもお話があるだろう。それまで待つことだ」

人々はざわめいた。いかにも用事があるふうで、周囲を行き来しつつ耳をすませていた下働きの人々も、物陰にひっこむと仲間同士でひそひそとささやきあった。

「俺たちがいない間に何かあったか」

新しい白いシャツを着せかけられながら若い騎士は陽気に尋ね、一瞬漂った妙な沈黙にぎょっとしたように周囲を見回した。

「おい、何かあったのか。皆、ひどく妙な顔をしているぞ。山賊にでも襲われたか。それとも、例のパロに出たとかいう蜥蜴《とかげ》の化け物でも現れたか」

騎士たちはもぞもぞと口重く何か呟き、具合悪そうに目をそらした。陽気な使者はわけがわからず、とまどってただ目を丸くしている。

中庭の騒ぎを、マリウスとヴァレリウスは並んで城の二層から眺めていた。

「男爵はどう判断するかな。アッシャのこと」

憂鬱そうにマリウスは言った。中庭の人々の多くの眼が、ちらちらとこちらに投げられていることには、誰であっても気づかずにはいられなかったろう。炎の魔女アッシャと、彼女が引き起こした惨劇については城内知らぬ者など一人もないのだ。

「わかりませんな」

これも憂鬱そうにヴァレリウスは応じた。

「幼い少女をすぐさま首打て、火刑に処せとはおっしゃらぬお人柄とは見ますが、まあご自分の領民に危害が加えられたとなれば、何等《なんら》かの罰はとらねばならぬでしょうな」

「でも、まさか、そんな」

マリウスは苛立ったように靴を鳴らして壁を蹴った。

「アッシャは子供だよ。小さい女の子じゃないか。それなのに」

とは言いつつも、ひどく心配そうな顔になって下を向いている。

「まあ、そちらの方は、私がなんとかいたします」

マリウスはぞっとしたようにヴァレリウスを見た。ヴァレリウスはただ肩をすくめるにとどめた。

「まあ何かあっても、アル・ディーン殿下とリギア様はそのまま城内にお残りください。殿下はパロの正統の王位継承者でいらっしゃるし、リギア様はまだ無理のきかぬお体だ。いざとなれば、私とアッシャは城を抜けて、どこか人目につかぬところでもうしばらく訓練を続け、いずれ、サイロンなりパロなりで合流いたしましょう」

「あんまり気持ちのいい話じゃないなあ……」

すねたようにマリウスは顎を窓枠につけてうんと体をのばした。

「僕がパロ生まれだからかもしれないけど、僕、どうしてもあの子がそんなに怖いものだとは思えないんだよ。だって、まだあんなに小さい」

「魔道師になることを決めた娘です」

ヴァレリウスは静かに言った。

「いったんそうと決めた以上、私はあの娘をそう扱いますし、あの娘もそれを望んでおります。そして彼女がここで為したことは人に嫌われ、憎まれて当然の所行です。それも娘は承知しております。城を出ることを拒否はいたしません」

「それは、そうだろうけどさ」

マリウスは歩き回る人々をふくれっつらで見下ろしている。ヴァレリウスは黙ってそっと窓辺を離れ、足音をたてない魔道師の歩き方で、そっと階段を降りていった。

マリウスはなおしばらくそこにとどまり、彼にとっては共感しにくい心をもつ人々に、非難と混乱のこもったしかめつらをむけていた。

ドース男爵一行は使者の告げたよりも早く、翌日の午前早くには山を越えて、城内一同の歓呼の中、ワルド城に帰還した。

馬を並べる騎士たちの中には、ブロンの姿もあった。兜《かぶと》をとった顔は少し痩せ、髭が半面を覆っていたが、安堵とかすかな気がかりの色がうかがえた。迎えてくれる人々に笑みで応えながら、だれかを探すように人々の中や城壁の上をさぐり見ている。

無事の帰還を喜び合う一同の顔には、どれも故地に戻った安堵と疲労がないまぜになっていたが、周囲の騎士たちを押しのけて進み出たドース男爵のいかつい顔には、どこか沈痛なものが漂っていた。

「ああ、良い、良い、あとは自分でする」

まといついて世話を焼こうとする人々を優しいといえなくもない身振りで追い払って、ドース男爵は頭を振り立てた。鉄色のもじゃもじゃの髪が逆立ち、鋼鉄の獅子が頭を振ったように見えた。

「それより、夕食の席には城の中で集まれるものすべてを集めてもらいたい。大事な話がある。ケイロニアの未来にかかわる大きな話だ。いずれサイロンからの布告も届くだろうが、これは、私の口からも皆に伝えておきたい」

皆はおっかなびっくりで手を引っ込め、顔を見合わせた。先触れの者が告げた『よいことと悲しみ』の言葉を誰もが思い出したのだった。ドース男爵はむっつりと口ひげを嚙み、泥に汚れた長靴を蹴るように脱いで、そばに控えた小姓に渡している。

「パロのお客人方はどうなされた。息災か」

また人々は不安げにざわめいた。

間の悪い沈黙があったあと、一人が決心したように進み出て、

「そのことについては、閣下、いささか」

「いや、あとで聞こう。その話は」

片手をあげてドース男爵はとどめた。

「とにかくご一行はご無事にここにとどまっていらっしゃるのだな。ではよい。くわしい話は夕食の席で直接お聞きする。ヴァレリウス殿のお席を私の右に、アル・ディーン殿下の席を左にとってもらいたい。リギア聖騎士伯は」

「聖騎士伯閣下はおそらく夕食の席には出られないかと」

思わず出た、といった口調で誰かがいい、みんなが息をのんだ。

「なんだと」

近くで荷を解いていたブロンが聞きつけて、外しかけた剣帯を鳴らしつつ近づこうとした。

「リギア殿になにかあったのか。山風邪かなにかにでもかかられたか、それとももしや、怪我でも」

「あとにせよ、ブロン」

いえ、それが、と口ごもる相手と、なおも問いつめようとするブロンの両方を、鋭い目で男爵は下がらせた。

「とにかくパロの方々にも、出られる方々は皆、とお伝えせよ。友邦国であるパロ、そしてそのパロが現在の状態であることを考えても、このことはお伝えすべきであろう。よいか、必ず伝えよ。大切な知らせがあるのだとな」

　それ以上、男爵は口を開こうとせず、小姓一人をつれて自室に閉じこもった。

　その午後は城主の帰還を祝う大規模な晩餐の準備と、その裏でのすばやいひそひそ話についやされた。普段はあまり大げさなことを好まないドース男爵にしては珍しいことだった。使者のわけありげな言動もあいまって、大皿や盆、新しい椅子、ベンチ、長卓、塩漬けの豚、羽根をむしった鶏や香草の籠などを手にして忙しく行き交う使用人たちの間では、紙吹雪のように言葉の切れ端が乱舞した。

「男爵様はいったいどうなされたのかなあ――」

「――悲しいことって何だろうね。まさか――」

「――黒死の病はもう去ったとかいう話だろう――」

「ああ豹頭王さま、わしらをお守りあれ！」

「アキレウス陛下はまだご壮健かと――」

「黒死の病も逃れられたって話だし、でももしや――ああ恐ろしい！」

「めったなことを言うもんじゃない、あの大帝陛下がまさか」

「まさかまた例の、あの男狂いの――」

「しっ！」

　禁じられた名前が出そうになったところで会話は途切れ、わざとらしく顔をそむけあってまた仕事に戻る。質実剛健たるケイロニアの中にあって、ことに質朴な山岳民族の彼らには、彼女、ケイロニア王の妃は——皇女たる身分にありながら享楽に身をこがし、夫を見捨てて娼婦のように町を歩いたというだけで、皇室の名誉以上に、なにか触れてはならぬ禁忌のように感じられるのだった。

　ざわめきのうちに日は暮れ、城に久々の灯りがともった。城主不在のあいだは倹約が旨とされたため、必要最低限のもの以外消されていた松明《たいまつ》や灯火が総動員され、長らくからのままだった城の大広間をあかあかと照らし出した。

　がらんとした石の床には刈ってきたばかりの藺草《いぐさ》と匂いのよい葉がまかれ、磨いた土間の上には新しいおがくずが撒かれた。長卓がずらりと並べられ、一段高い上席には城主であるドース男爵の無骨で大きな椅子が、左右には客人であるヴァレリウスとマリウス用の、クッションをおいていくらか居心地よくしつらえた席が設けられた。

　部屋の中央の大卓に次から次へと料理が持ち込まれてくる。蜂蜜を塗って焼いた子豚、茸と干した果物をつめた鶏、薄く焼いたガティ、蒸して白く仕上げたパン、青物、さまざまな酢漬け、皿に盛り上げた果物、干した魚を煮込んだスープ、乳酒、蜜酒、赤葡萄酒と白葡萄酒、つめたくしたのと熱いの両方のカラム水、木の実の菓子、薄く切った冷肉、川海老、この山岳地方特有の、香辛料をきかせて煎った蜂の子の皿など。

城内の者は全員集まるようにとふれられたために、大広間はほとんど立錐の余地もないありさまだった。上席の、騎士たちが居並ぶあたりはまだ余裕があったが、下座の従士や下男下女、厩番、武器係などの下働きの人々の集まる席は、尻をおろせる場所のきれっぱしでも見つけられれば上等といったところだった。

しょっちゅう衝突や足の踏みあいが起こり、罵り声がとんだが、皆の上に覆いかぶさる何か不吉な予感が、殴り合いにまで発展させることを控えさせた。もみあい、押しのけあいながら、彼らは男爵が入場してくるのをひたすら待った。

ついに喇叭《らっぱ》が鳴り響き、ドース男爵がゆっくりと大広間に入ってきた。

鉄色のたてがみに油をつけて後ろへ撫でつけているが、それでも言うことをきかない硬い髪が額に波打つようにつっ立っている。常に質素な服装で、派手な色合いを好まない男爵だったが、この日は特に、黒ずくめの衣装をまとっていた。黒い胴着に長袴、黒い長靴、黒一色のマントの留め金は黒ずんだ銀に黒曜石を塡めた品。剣の柄においた手も、つやのない黒い手袋が覆っていた。人々はまたひときわざわついた。

続いて入ってきたのはパロ宰相ヴァレリウスだった。これが魔道師の陰気な顔と黒ずくめなのはいつもの通りとして、そのあとに続いたマリウス——パロ王子にして現在の王位継承者アル・ディーン王子もまた、彼にしては常になく浮かない顔をし、いつもの明るい色の衣装ではなく、灰色と黒の胴着に黒い飾り帯をつけ、手放さないはずのキタラも竪琴も持たずにいるのを見て、人々がざわめく声はいっそう高くなった。

ドース男爵がゆっくりと席に着き、左右の客人二人もうながされて座る。リギア聖騎士伯の姿は見えない。

城主の席に座して、ドース男爵はしばしなにごとか考えにふけるように陰った目で集まった城の人々を見回していた。灰色のもじゃもじゃの眉の下の鉄の色の瞳は読みとりがたい光を宿し、黒い手袋の指先は神経質に椅子の肘掛けを叩いていた。

人々にとってはきわめて長い時間がたったように思えた。誰かが耐えきれなくなり、ついに声をあげようとしたやさき、ドース男爵が深くとどろく銅鑼のような声でついに言った。

「皆の者」

はっと一斉に息をのむ気配が広間をおおった。

騎士たちは息を殺して、そろって空の皿の上にうつむいている。下座で席を取った取らない、足を踏んだ踏まないでもみ合っていた者も、動きを止めて上座の男爵の、岩でできたようないかつい姿に吸いつけられた。

「いずれサイロンからも正式な布告が届こう。だが、これは私の口から、お前たちに伝えておきたい」

静まりかえった広間に、荘重にドース男爵の声は流れた。

「このたび、ケイロニア大帝アキレウス陛下におかれては、サイロンの黒曜宮にて、御病のため、崩御なされた」

一瞬の沈黙があたりを支配した。

つづいて、一種の恐慌とでも言うべきものがあたりを支配した。その場に泣き崩れて座り込むもの、夢中になってそんなはずはない、アキレウス様がお亡くなりになるなんてありえないと強弁するもの、明日からのケイロニアを思って震え上がるもの、人それぞれではあったが、アキレウス大帝崩御という恐ろしい知らせは、冬のさなかの雷鳴のように、人々の上にとどろきわたったのだった。

「そしてササイドン城における選帝侯会議にて、第一皇女オクタヴィア殿下が帝位を継がれ、ケイロニア皇帝となられることが決定された」

ざわめきの中、さらに声を高めて、ドース男爵は叫んだ。

波打つようにどよめきは高まり、少し小さくなり、また遠くから押し寄せる高波のうなりのように高まって、いつまでも静まらなかった。

人混みのあいだから何人かが身をもんで離れ、この場にこられなかった仲間のところへこのとんでもない知らせを伝えようと、戸外の暗闇へ走り出していった。

ドース男爵はしばらく下座の者が騒ぐのにまかせておいた。ひときわ興奮したどよめきが徐々に収まり、不安げなささやきに落ち着いてくると、ようやくまた口を開いた。

「みなが悲しむのはわかる」

すすり泣く男たちや女たちの上に男爵の声は深甚と流れた。

「アキレウス大帝陛下は国の父であり、われら全員の父上ともいえるお方であり、ケイロニアにとって欠かすことのできぬお方であった。だが、人は死の運命を逃れられはせぬことを、誰もが知っている。アキレウス陛下のご遺志はオクタヴィア殿下に受け継がれ、立派に護持されてゆくであろう。ケイロニアの民人として、今は大帝陛下のご遺徳を讃え、新たな皇帝となられるオクタヴィア殿下に敬意を表するのだ」

「あの、閣下」

勇気をふりしぼって、一人のひょろりとした従士の少年が前に出た。

上座の騎士たちからいっせいに視線が集まったのにひるんでのけぞったが、あやうく踏みとどまって、直立不動でぴんとその場に突っ立つ。

「オクタヴィア殿下が次の皇帝陛下というのは、間違いないのですか」

「むろんだ。選帝侯の皆様方によって、会議でそう決定されたのだ」

「あの、それで、グイン陛下は」

一度ごくっと喉を鳴らしてから、少年は麦藁《むぎわら》色の頭を突き出すようにして言った。

「グイン陛下は、どうなさるんですか。次の皇帝陛下は、グイン陛下ではないんですか」

「ジャレド、口を慎め」

騎士席から厳しい声が飛んだ。

「帝室の方々に対して、無礼だぞ」

「でも、次の皇帝陛下はグイン様だって、みんな言ってました」

少年はひるみはしたが、頑固に言い張った。

「グイン様はケイロニア王で、シルヴィア皇女殿下のご夫君で、アキレウス大帝陛下にとっても息子同然だったって。グイン様は、オクタヴィア殿下が皇帝になられることに、賛成してらっしゃるんですか。俺たちみんな、男も女も、年寄りたちだって、アキレウス陛下の次はグイン様がケイロニアの国主になってくださるって、ずっと思ってたのに」

「おい、そいつをつまみ出せ」

騎士席のひとつから怒号が飛び、一人二人の騎士が席をひいて立ち上がりかけた。

「自分の口をはさむべきではないことに対して黙っていられないというのであれば、好きなだけ叫ばせてやるがいい。馬場へひっぱっていって、棒打ち二十だ、ジャレド」

少年は恐怖の叫び声をあげ、両肩を抱いて後ずさった。ふたりの騎士が剣を鳴らしながらそちらへ行きかけたとき、ヴァレリウスが席から身を乗り出して、何事かドース男爵の耳にささやいた。

　男爵は眠っているような顔で聞いていたが、騎士が真っ青になっている少年の両脇をかかえて運びだそうとすると、「やめよ」と手を挙げた。

「その者の疑問はおそらくこの場にいる多くの者が抱いていることであろう。だが、口に出したのは、勇気はあっても賢明ではなかった。今後は勇気があり、かつ賢明であることも学ぶのだな。放してやれ」

　二人の騎士は手を引き、少年はその場に崩れるようにうずくまって震えた。男爵の手招きについて騎士たちがもとの席へ引き上げていくと、少年の仲間たちがこそこそと出てきて、へたりこんだままのジャレドを囲んで支えようとした。

「あちらへ連れて行け」

　ドース男爵は手を振って命じた。

「そして口を閉ざしておくべきときにはしっかり閉ざしておくのだということをいま一度学ばせよ。お前たちもだ。アキレウス大帝は崩御なされ、後継者としてオクタヴィア殿下が選ばれた。お前たちにとって必要なことはそれだけで、それ以上のものはない」

　まだ足をふらつかせているジャレドは仲間たちの手で広間から連れ出されていき、あとから、さらに数人のものが溶けるように戸外に消えた。おそらく、ジャレド少年と同じ疑問を抱えていて、彼に先を越されたといった者たちだったろう。

　ヴァレリウスは大きなため息をついて椅子の背に寄りかかり、目を閉じた。ドース男爵は灰色の目をちらりとそちらにやり、「では、乾杯だ」と杯を手にとって立ち上がった。

「天に還られた大帝アキレウス陛下の徳を讃えて、また、新たなる皇帝オクタヴィア女帝陛下の未来を祝って。皆のもの、杯をあげよ」

2

「あああ、やれやれ！」

結局のところかなり陰気なものになった宴席をさがって、マリウスはどっと長椅子に身を投げ出した。

「まったく、こんなところでまで作法だなんだ言われて、王子様役をやらされる羽目になるとは思わなかったよ。せめてキタラか竪琴を持たせていってくれれば、あの親父さんに捧げる哀歌のひとつも歌ってあげたのに。……でも、ああ、そうか」

椅子に仰向けになり、片膝をたてた姿勢で額に手をあてる。憂鬱そうに額の巻き毛をつまみあげ、少し遠い目をした。

「あの親父さん、死んじゃったのか。いい人だったのにな。そりゃあ頑固で四角張って、厳しい人だったけど、一時は僕の義父《とう》さんだったし、もしかしたら、今でもそうなのかもしれないけど。にしても、タヴィアが次のケイロニア皇帝かあ。大丈夫かなあ。彼女、そういうことはなんだか嫌いそうな気がするんだけど」

「オクタヴィア殿下はご自分のなさるべきことをご存じですよ」

なおさら疲れた顔でこれも引き上げてきたヴァレリウスが言った。

結局ほとんど飲み食いはできなかったおかげで、二人とも腹が減っている。マリウスが呼び鈴を鳴らし、小姓に葡萄酒かカラム水と、何か温かい食べ物を持ってくるように命じた。

「僕と違って、って言いたいんだろ。わかってるよ」

頭の後ろに手を組んで、マリウスはふてくされて口をとがらせた。彼とて一時はケイロニア宮廷に席を得、皇女の夫として暮らす時期を経たのである。結局そこでも束縛に耐えられず、在りし日の大帝の前で魂を込めた歌をかなでて、自らの吟遊詩人としての魂の道を告げたのは、あれは、いつの日のことであったか。

小姓がはいってきて、盆に乗せた香料入りの温かい葡萄酒入り水差しと、宴席の残り物の肉と果物にパンをそえた皿を卓に置く。さっそく起きあがったマリウスは作法もなにもなしに手づかみで肉を切り取り、パンを割いてむしゃむしゃやりだした。ヴァレリウスは食欲のないようすで、肉を切ろうとした小姓にむかって首を振り、熱くした葡萄酒だけを注いでもらって、考えにふけりながら手の中で杯を回している。

「それにしても、僕も不思議だな。どうしてグインが後継者にならなかったんだろう」

いそがしく口を動かしながら、もごもごマリウスは言った。

「ドース男爵が発表したとき、みんなざわわしてたよ。あの男の子はみんなの気持ちを代弁したんだと思うな。グインが大帝のあとを継ぐとみんな思ってたのに、タヴィアが出てきたもんだから、みんなすごく面食らった顔してた。僕はタヴィアが強いひとだって知ってるから、皇帝になってもきっと彼女ならうまくやっていくと思うけど、どうなのかなあ」

「私たちが口を出すことではありませんよ」

そう応えながらも、ヴァレリウスは自らの胸の内にも同じ疑問が浮かんでいるのを否めなかった。グインがなきアキレウス大帝の寵愛を受けた婿であり、病——ということになってはいるが——で廃嫡されたとはいえ、皇女シルヴィアの夫君にして、わざわざ古いしきたりを復活させてまで王の称号を与えた男である。

大帝が政治の表舞台から身を引き、隠居の身になったあとは、実質のケイロニアの最高権力者は間違いなくグインだった。国民の人気はアキレウス大帝にも勝るとも劣らず高く、その豹頭の異形も身元のわからぬ傭兵から身を起こしたことも、その神話めいた武勇と冒険の数々を、ますます輝かせる材料になっている。

物語に語られるシレノスその人がケイロニアを守護するために降臨したのだと、本気で信じられているという話すらきく。さすがにそれは噂としておくにしても、グインがアキレウス大帝の座を継ぐことはほとんどの人にとってすでに決定された事実としてとらえられていた。それをあえて、女、しかも庶子であるオクタヴィア皇女をなぜ女帝として推挙するに至ったのか、ヴァレリウスにはわからなかった。

（女人のオクタヴィア殿を軽視するわけではないが、しかし）

オクタヴィア自身、かつては男装してケイロニアに忍び、自らの母を捨てたアキレウス大帝に一矢報いようとした女傑である。その熱い血と勇猛さは確かに大帝の血を引く娘であり、いったん皇帝となれば、父におとらぬ手腕を発揮することであろうとは思う。

しかし、貴族社会、権力の集まる場所に渦を巻く毒蛇の存在もまた、ヴァレリウスは知っている。尚武と質実の国家であるケイロニアでさえ、その弊はのがれられまい。そしてアキレウス大帝という重石《おもし》がなくなったいま、権力を狙う蛇どもが鎌首をもたげるには絶好の機会だ。

まずオクタヴィアは正嫡ではない。たんに一皇女としてならともかく、皇帝位を継ぐとなると、いかなる瑕瑾《かきん》もつつき出して取り沙汰する者が出てくる。庶子の出であることなど絶好の材料だ。

ケイロニアで育ったのではなく、異国で成長してのちにサイロンに入ったことも、騒ごうとすればいくらでも騒げる。大帝の名をかさに、他国からケイロニア乗っ取りを目指して送り込まれた傀儡であるとあおり立てれば、乗るものの一人や二人は出るだろう。

これまでオクタヴィア皇女はグイン王の陰に隠れ、マリウスとの間にできた娘を相手にひっそりと暮らしていたときく。間諜らの伝える様子によれば、彼女自身に帝位への意志などなく、ただ娘マリニアとともに穏やかに暮らすことのみを望んでいたようだ。

オクタヴィアに能力があるかどうかはこのさい問題ではない。彼女を囲む人々、そして彼女を見つめるケイロニア、そして中原の他国の視線が問題なのだ。

選帝侯会議は選定されるがわの意志を問うものではないが、いま黒死の病から立ち直り、荒れる中原に、いったん揺らいだ地歩を正そうとするケイロニアを導くにあたって、女帝、しかも庶子の出である皇女が帝位を継ぐのは、果たして人心にどう働くか。

これがグインであれば人々は納得して受け入れただろう。権門の蛇どもも、圧倒的なグインの人気、そして神のような武勇を前に、そう大っぴらな反対を唱えられはすまい。人は人を見ず、その性別や身分、生まれでのみまず他人を量るものだ。異形ではあってもグインは男性であり、数々の武勲をあげた勇者であり、なおかつ、亡き大帝に認められたケイロニア王である。対して、庶子であり、女であるオクタヴィアは、どれほど人心をつかむことができるだろうか。

(決定したということは、グインも賛成したのだろう。庶子の皇女といえど、彼が後ろ盾につけば表だっての反抗はなかろうが、しかし)

サイロンを死の都に変えた黒死の病とその後襲った異様な天変地異、つづくアキレウス大帝の死、後嗣《こうし》であるべきシルヴィア皇女の醜聞と、ケイロニアは大きな動揺の中にある。おそらく今こそ、若き日のアキレウス大帝のごとき輝くような力の持ち主が必要とされるときであろう。

その中で、庶子の生まれで、これまで目立った活躍もない女帝オクタヴィアとは、はたして最善の選定といえるだろうか。

ケイロニア宰相ハゾス卿はグインに心酔している。ほかの多くのケイロニアの民と同じく、いや、日々近くにあってその業を見続けてきた以上、かえって尊敬の心は高いだろう。

おそらく彼としてはそのままグインを帝位につけるつもりでいたに違いない。民の支持とグイン自身の力量があれば、さして努力をせずともこの主張は通ったはずだ。

だが現実にはグインはあくまで臨時の位であるケイロニア王にとどまり、オクタヴィア皇女が歴史あるケイロニアの新たな女帝となる。

（会議でどのような主張が持ち出されたか、この機を見て、ケイロニアを自儘《じまま》にしようとする者は誰なのか）

扉が控えめにコツコツと鳴った。

顎を胸に埋め、物思いに沈んでいたヴァレリウスは、はっと目を開けた。かじりかけのパンをつかんだまま、長椅子に転がってうとうとしかけていたマリウスがあわてて飛び起きる。

「お疲れのところ、失礼いたします」

小姓のひそめた声がした。

「ドース男爵がおいでです。ヴァレリウス様とお話しになりたいとのことです。よろしゅうございましょうか」

請じ入れられたドース男爵は、ヴァレリウスに負けず劣らず疲れている様子だった。新たに持ってこさせた熱い葡萄酒を杯に注がせて、そこから上がる湯気をけだるげに眺めている。黒いマントは脱いでいたが、その他は宴の時のままの衣装だった。着替える気力もなかったようだ。鉄灰色にうねる固い癖毛もいささか勢いを失い、塩垂《しおた》れているように見えた。

「申し訳ございませんな。お疲れのところを」

と呟いたが、それがどちらに向けてしかるべき言葉なのか、ヴァレリウスは判断できなかった。返事に窮したのを悟ったのか、男爵は太い眉をあげて唇を曲げ、にっと笑って杯を上げた。

「右も左も疲労困憊《こんぱい》、というところですな。私もここに留まるのは数日のことで、準備がすんだら大帝陛下の大喪の礼と、それに続く新帝オクタヴィア陛下の戴冠の式のために、再びサイロンに向かわねばなりません。まったく、あわただしいことです」

ヴァレリウスは否定とも肯定ともとれるあやふやな音をたてた。ドース男爵がいては寝そべるわけにもいかず、マリウスも新しい葡萄酒を一杯もらって、ちびちびとすすりながら椅子に膝をそろえている。

「先ほどの席では失礼いたしました。いや、例の従士の子供ですが」

身を乗り出して自分でもう一杯葡萄酒を注ぎながら、男爵は言った。

「しつけの行き届かず、お恥ずかしいことです。普段はおとなしい少年なのですが、おそらく、雰囲気に負けたというところでしょう。若いときにはそういう場合がままあることです、そうではありませんか」

「しかし、正鵠《せいこく》を射ておりましょう」

思いきってヴァレリウスは言った。

「パロの人間の私が口を出すべきことではないと心得ますが、しかし、確かに呼び声高いグイン陛下ではなく、あえてオクタヴィア殿下を次期皇帝にという選帝侯会議の決定には、いささか驚かされたと申し上げるほかありません。なにか特別な理由でもあったのでしょうか。男爵は、何かそのようなお話でもお耳に入りましたか」

「われわれ下々の者には、会議の内容など聞こえては参りませんよ」

垂れ下がった瞼の下で、男爵は灰色の目をうすく光らせた。

「われわれはただサイドン城と、会議場の警備にかり出されただけのことです。私のような老いた辺境の一郷士に、国の最高機密である選帝侯会議で語られたことなど関わりようのない話です――が」

金色にとろりと光る葡萄酒を揺らしながら、ドース男爵はゆっくりと頭を振った。

「正直に申し上げて、私も驚いた、とだけはいえましょう。私も、また私の騎士たちも、ほとんどがすんなりとグイン陛下が次期皇帝に決定するものと思っておりましたからな。オクタヴィア殿下はこれまで、まつりごとの表に出てこられることもなく、宮廷の行事にすらほとんど姿を現されなかったとお聞きします。またご自身もごく穏やかな、おとなしいご気性で、めったに帝位など望まれるようなお方ではないとか」

マリウスがくしゃみをするような妙な音を立て、あわてて口を押さえた。ヴァレリウスはそちらへ睨むような一瞥をくれ、身を乗り出してドース男爵のほうへ皿を差し出した。

「どうぞ、お召し上がりください。冷えて参りました。宴の席ではあなたも、ほとんど召し上がっていらっしゃらなかった。われわれの運ばせた残り物をお勧めするのは失礼とは存じますが、食べれば少しは身の内が暖まりましょう。それとも小姓に新しい皿を運ばせますか」

「いえ、ご親切には感謝いたしますが、私はこれで」

男爵は笑って、葡萄酒をかかげてみせた。

「まだ決済せねばならぬことがいろいろ残っておりますので。食べれば腹が膨れて眠くなってしまう。年寄りの身ではありますが、戦場で空腹には慣れております。山の民の胃は丈夫でしてな」

ヴァレリウスは黙ってうなずき、椅子に深くもたれた。しばらく沈黙が続いた。灯火がかすかに音をたて、数匹の羽虫や蛾が光をしたって天井や壁に紙をちらしたような影を投げている。

袖に隠して、マリウスが目をしばたたいて大あくびをした。

「アッシャという娘の話を聞きました」

ふいに、男爵は言った。

ヴァレリウスの手がぴくっと跳ねた。

マリウスの大あくびは途中で止まり、口を半分開けた間抜けた顔つきで男爵を見つめた。男爵は姿勢を変えず、たてがみのような頭をさげて、葡萄酒の表面に反射する灯火を眺める姿勢を崩さない。

「魔道の力を暴走させて、村をひとつ焼き払い、リギア聖騎士伯に生命も危うい大怪我を負わせたとか。本当ですか」

「違うと言って何になります」

ヴァレリウスも視線をはずし、卓の上の自分の両手に目を注いでいた。

指先にふれた杯の水面に、細かい波紋が広がっていく。自然に呼吸が浅く、早くなり、ヴァレリウスは気づいて深く大きく息を吸った。

「私の過ちです」

と彼は言った。

「あの娘には巨大な魔道の力が秘められていました。私自身でさえ、想像もしていなかったほどの強力な力が。私がそれを手綱もつけないまま解放させ、暴走させたのです。あの娘の咎《とが》ではありません」

「領民のものから訴えがありました」

ヴァレリウスの言葉には直接答えず、ドース男爵は応じた。

「私の領内では田畑や家屋に放火した者、家畜を殺した者はみな追放と定められております。森に火を放った者も同じく。そして殺人を犯した者は、死をもって裁かれます」

「ち、ちょっと」

マリウスがあわてたように立ち上がった。

「待ってください、ドース男爵、待って、あの子は」

「アッシャという娘はそのすべてを犯しました」

容赦なくドース男爵は続けた。

「私はワルド城を先祖代々受け継いできた山の民の裔《すえ》であり、ワルスタット地方を治める領主です。裁きを求める民の訴えに、何もなかったかのように顔を背けることはできません。たとえ罪人が――」

ひとつ大きく息を吸って、男爵は吐き出すように続けた。

「ほんの十五にしかならぬ娘であっても、です」

「おっしゃる通りです。ドース男爵」

ヴァレリウスは細かくふるえる手を杯に伸ばし、持ち上げようとしてあきらめた。両手を椅子の肘掛けに投げ、深々と椅子によりかかる。

「しかし、私のほうも、そう簡単に彼女を手放すまいことは、おわかりでいらっしゃいましょう」

男爵はぶっきらぼうに頷き、がぶりと葡萄酒を飲んだ。

「騎士たちと村人、それぞれから事情は聞きました」

髭についた香辛料をつまみとりつつ彼は言った。

「はじめに村を襲ったのは、蛇の仮面で変装した盗賊団であることはわかっております。死者のほとんどは彼らの手によるもので、アッシャなる娘はあとからやってきて、盗賊団を追っている騎士たちの中に飛び込み、猛烈な炎を発生させたという話ですが。これで合っておりますかな」

ヴァレリウスは無言でうなずいた。

「それでは」

とドース男爵は続けて、

「アッシャなる娘はなぜ騎士たちの中に飛び込んだのです。彼女は城に、あなたとともにいたと騎士たちは述べておりますが、何が彼女を駆り立て、暴走にまで追い込んだのですか」

「私の責任です」

ヴァレリウスは呟き、苦いものを含むように一口葡萄酒をすすった。

「彼女はパロで竜頭兵に両親を殺されました。その強い恨みと憎しみの念が、蛇の頭をした男たちが村を襲っているという報がもたらされたとき、一気に暴発したのです。そのとき私は城で彼女に、魔道師としての修行をさせているところでした。彼女の年頃にはいささか高度すぎる修行でもあった。炎の精霊を身に宿したまま、彼女は憎しみと怒りに駆られて村へ駆けつけ、自分でも操りきれぬほどの魔力を放出したのです」

ドース男爵は太い腕を組み、ヴァレリウスの言葉をはかるように目を閉じて顎を胸につけていた。マリウスは口をはさもうとしてはさめず、どちらにもつけずに立ったままおろおろしている。

ヴァレリウスは何度か呼吸を整え、「あの娘は」とようやく言った。

「あの娘は、パロのために新しい魔道師を求めた私が、性急に修行を進めすぎたために力に飲み込まれかけたのです。罪がないとは申しません。しかし、その罪は、彼女の師である私にもかずけられねばならない。アッシャを死罪になさるというのであれば、私もまた、首をワルド城の城壁にかかげられるべきだ。なんといっても彼女の暴走の火口《ほくち》をつけたのは私であり、その強すぎる力を操る精神も考えずに、あの幼い娘を魔道の道に引き込んだのだから」

一気にここまで吐き出して、ヴァレリウスは一、二度咳こみ、葡萄酒で喉を湿してまた小さくむせた。

まだ細かく手をふるわせながら卓に置かれた杯に、ドース男爵は考え込むように黙したまま、自ら水差しを手にとって葡萄酒を注ぎ足した。ヴァレリウスはかつえた者のように両手でつかんで杯を飲み干し、がっくりと肩を落として頭を垂れた。

「死罪を宣されても、アッシャはおそらく受け入れましょう」

両足の間の床を見つめながら、ヴァレリウスはぼそぼそと言った。

「どのような罪を告げられたとしても、彼女は否みはしないでしょう。むしろ、安堵するかもしれない。アッシャは城内の人々が自分を恐れ、呪っているのを知っている。自分が彼らに何をしたのかも理解している。その罪の裁きが死で下されるのであれば、むしろほっとするはずです」

「だが、あなたは受け入れぬ」

「いえ、受け入れましょう。ただ、それならば私もともに、と申し上げている」

ごく軽い口調で尋ねた男爵に、ヴァレリウスはさっと顔をあげて激しい口調で応じた。鼠色の髪の毛があちこち突っ立ち、やせた頬は男爵のがっしりした顎に比してひどく弱々しかったが、灰色の目はいつにない熱を帯びて光っていた。

「あの娘は魔道師になると申しております」

強くヴァレリウスは言った。

「自らのなした罪、そして二度とはただの娘に戻れぬこと、それらをすべて負ったまま、私の、パロの道具たるべく魔道師になると。罪から逃れることはできぬと承知の上で、そう決意しております。であれば、私はその師として、弟子の信頼に応えねばならぬ。アッシャは私の弟子であり、その過ちは師である私の過ちでもある。アッシャの頭上に振り下ろされる剣は、私の頭上にも同様に振り下ろされねばならない」

いつになく激した調子のヴァレリウスの言葉に、マリウスはあんぐり口をあけている。俯き、葡萄酒で口を湿しながら、男爵はさぐるような視線でヴァレリウスを見上げた。稲妻のような視線が両者の間で飛び交った。

「あなたはパロの宰相でいらっしゃる」

男爵は言った。

「魔道師であると同時に、あなたはパロの要人でもある、そうですな」

ヴァレリウスは口を結んでいる。

「しかもゴーラの暴虐から逃れて、はるばるとこのワルド城にかくまわれた客人でもある」

男爵は続けた。

「われら山の民の伝統として、救いを求めてきた旅人を、戸外の闇へ追い出すことはけっしてせぬという掟がある。たとえパロ宰相でなくとも、ただの羊飼いや樵《きこり》であっても、すべての旅人はこの掟のもとにある」

なおもヴァレリウスは口をつぐんでいた。

「あなたは自らを人質としてアッシャなる娘を救おうとしているのかもしれぬ。そうではないのかもしれぬ。ただ、ケイロニアの単なる一下級貴族である私が、助けを求めてこられたパロ宰相閣下を、その弟子——あるいは従者——が犯した罪によって勝手に裁くことは、私の一存ではできぬ」

卓の両側で、二人は彫像のようにほとんど身動きしなかった。空気はぴんと張りつめ、その中で、どうしようもないマリウスは突っ立ったまま、両手を後ろに組んでただもじもじしていた。

炎にまかれた蛾がばたばたと床に落ちてもがいている。

「さぞかし苦々しく思っておられることでしょうな。このパロの鼠めが、狡猾《こうかつ》な黒い痩《や》せ魔道師めがと」

静かにヴァレリウスは言った。

「いえ」

男爵は片頰でちらりと笑い、小さく杯をかかげる仕草をしてみせた。

わずかに空気がゆるんだ。マリウスがほっと息をつき、椅子に倒れ込むように腰をおろした。

「旅人を保護する山の民の掟は、どのような人間にも適用されると先ほど申し上げた」

男爵は息をついて続けた。

「死の掟、追放の掟は、あくまでこの地に住まう民たちのためのものです。山の土は少なく、やせて、家畜は子を産みづらく、森は実りを渋りがちだ。このような土地に住み続けるには、一定の覚悟と、他者に対する許容が必要なのです。しかも、今は悪い時代だ——こちらへ」

杯を置いてつと窓辺へ立っていき、男爵はヴァレリウスをさし招いた。

糸で引かれるように、ヴァレリウスはふらふらと立っていった。男爵は窓枠にごつい手を乗せ、たてがみのような髪を揺らしている。開いたままの窓から、夜風がひやりと肌をなでる。

「ごらんなさい」

男爵は言った。

「城内の明かりはまだ点いている。いつもならばすでに台所の者も火を落とし、明日に備えて朝食の下拵えをすますころだ。だが、今日は誰も火を消さず、身を寄せて語り合っている」

ヴァレリウスは男爵の広い肩の横から頭を突き出すようにして下を見た。

見下ろすワルド城のそこここに灯火が揺れ、いつもは火のないはずのあたりにもいくつかの焚き火が見えた。

どの光のもとにも人の顔があり、影が動いていた。

うす明かりのもれる裏口から、猟犬が腹を減らした顔で、尾を垂らしてとぼとぼ歩いていく。広間の方ではまだ、片づけ物をする物音がしていた。重ねた皿を入れた籠を運んでいく二人の男が、中庭を横切りながら頭を寄せ合って何か話している。

木の下で焚き火が燃え、数人の男や女たちが話すでもなく戯れるでもなく、輪になって固まっている。ほかの建物の片隅や通路の隅、回廊の柱の影にも、同じような光が見える。

ここからでは声が聞こえるはずもなかったが、どこにも笑い声はなく、酔って騒ぐ下男たちの声も聞こえない。ただ揺らめく光の中で、不安の仮面のような人々の顔が、声もなく口を動かしていた。ワルド山の木々の梢を、冷たい風がなでるようにざわめかせて吹きすぎていく。

「みな恐れているのです」

夜風に男爵の低い声が運ばれていった。

「ケイロニアの明日に、どういう陽がのぼるのか。私が今夕もたらした報せを、まだ飲み込みきれぬのでしょう。グイン陛下が帝位についておられれば、というのは無しにいたしましょう。オクタヴィア殿下が帝位を継がれることはもはや決定したことであり、くつがえすことはできません。しかし、皆は感じ取っておるのです。何かが起きたことを。何かが変わり、何かが終わり、そして始まろうとしていることを」

「変わることは悪いことではございませんよ」

ヴァレリウスもまた低い声で返した。

「終わりも始まりもすべて変転の一環であり、それだけをとって悪いものとは必ずしも呼べません」

「魔道師らしいお答えですな」

男爵は窓辺を離れ、卓のところへ戻って杯を取り上げると、残った葡萄酒を一気に飲み干した。

「しかし、私は魔道師ではない。無骨で頑固な山の民の年寄りで、われわれは変化というものに対して、よその人々よりいささか大きな不安を抱いておるのです。同じ暮らしをあまりにも長い間続けすぎたためにね」

「しかしもう止めようがありません。あなた方は変わるでしょう。ケイロニアも。中原も。われわれも」

拳を胸に押し当ててヴァレリウスは言った。

「いや、すでに変わってしまったと言うべきか。しかしこれからも変わり続けるでしょう。われわれとしてはそれが、少しでも国と民たちにとってより善いものになるよう、尽力するしかないのです」

「たいそう元気の出るお答えだ」

ため息をついてドース男爵は言い、杯をそっと卓に置いた。

「アッシャなる娘については、では……」

「私が明朝、連れて城外に出ましょう」

続ける暇を与えず、すばやくヴァレリウスは言った。

「彼女の訓練を続けるには、人の多い城内よりもワルド山脈の奥深いふところのほうがよいのです。ドース男爵、あなたにしても、彼女に何の罰も与えなかったというのでは民が納得せぬでしょう。追放、という形にして、ワルド山のどこかに結界をはってわれわれは身を隠します」

ドース男爵の目に安堵と戸惑いの色が走るのをヴァレリウスは見た。反論の言葉を封

じるように、

「リギア殿はまだサイロンへの騎行ができるほど体力がお戻りでない。ここから出発できる時がきたら、どこか山の真ん中でわめいていただければ、私には聞こえますよ。どこからともなくぼろぼろの魔道師と小娘が現れても、その時は驚かないでいただきたい」

「お言葉に甘えましょう」

戸惑いはしたが、男爵の決断は早かった。彼はいずれにせよ山の民の長であり、統治者であり庇護者であって、彼の民の訴えにまったく背を向けてしまうわけにはいかないのだ。

「グイン陛下には、ハゾス閣下の側近の方を通じてパロの現状と、あなたがたがワルド城に身を寄せておられるよし、書状にしてお渡ししてあります。サイロンの門の封鎖も解け、使者や商人の出入りも始まっております。いずれ遠くないうちに、サイロンから報せがあるでしょう。パロの窮状に見て見ぬふりをなさる陛下ではあられぬ」

「では、これで決まりですな」

こけた頬にようやく微笑を浮かべて、ヴァレリウスは一礼した。

「あなたの土地と民に与えた被害と悲しみについては幾重にもお詫びいたす、ドース男爵。われらは今は国を失った流れ者ではありますが、いつかパロを取り戻し、ゴーラの脅威を払いのけた折には、必ず何らかの償いをさせていただく。これは、それまでの借りとしていただきたい」

ドース男爵も角張った顔にようやく笑みらしきものを浮かべて頭をさげた。肩から力が抜け、体が少し小さくなった感じだった。彼もまたこの会見で緊張していたのだ、とヴァレリウスは思った。領民の主としての立場とケイロニアという国における下級貴族としての立場に板挟みになり、この始末をどうつけるべきか、思いあぐねていたのだろう。

「では、これにて失礼いたします。お疲れのところをお邪魔いたしましたな。お心遣い、忘れはいたしませんぞ」

「こちらこそ……」

ドース男爵が椅子をひいて立ち上がったのを、見送ろうとヴァレリウスも席を立ちかけた。椅子が床にぶつかって音を立てたとき、その音を踏み壊すように、慌ただしい足音が廊下を入り乱れて近づいてきた。

「か、閣下！　男爵閣下！」

息せききって戸口に顔をみせたのは顔を真っ赤にし、ぼさぼさの髪の毛を乱した小姓の少年だった。さっき給仕にきた時はきちんとしていた服装が、取っ組み合いでもしたようにあちこち乱れている。

「なんだ、騒がしい」

男爵は眉をひそめた。

「ヴァレリウス殿とアル・ディーン殿下の前だ。そのみっともない様子はどうした。何があったというのだ」

「お、王様が」

のみこむように何度も息をついて、少年は言った。男爵はぎくっと身をこわばらせた。

「王様が、グイン陛下が、城壁の外においでになりました……！」

3

ヴァレリウスは一瞬耳を疑った。

男爵の驚愕はもっとすさまじかったに違いない。彼はいかつい体軀に似合わぬすばやい動きで小姓を押しのけると、一言も言わずに、通路を駆けだした。

小姓があわてた鼠のようにあとを追って走っていってしまうと、ようやくヴァレリウスも我に返った。部屋の片隅に投げてあった外套をひっつかみ、肩に巻きつけて部屋を出る。

「待ってよ、ヴァレリウス！」

走るようにゆくヴァレリウスに、あわててマリウスが追いついてきた。半端にひっかけた上着の中でもがきながら、なんとかヴァレリウスの隣に並ぼうと足をもつらせる。

「グインがなんでここに？　まだササイドンにいるんじゃなかったのかい、それとも、サイロンに」

応じている心の余裕はヴァレリウスにもなかった。上の空で外套を引っ張りながら建物を出て、ワルド城正面にあたる大門へむかって広い馬場と郭を横切っていく。

下へ降りると同時に、渦巻く群衆と松明の群に巻き込まれた。先ほどまで焚き火や灯火の下で不安の仮面となっていた人々が、手に手に松明をかかげ、いっぱいに口を開き、叫び合っている。

「グイン！　グイン王だ！」

「あの豹の頭、間違いない、俺は見た……」

「おお、シレノス！　シレノスよ！」

「グイン！　グイン！」

「グイン！　グイン！」

どよめきは大津波となって城壁の正面へと押し寄せていく。ヴァレリウスとマリウスもいやおうなくその中に巻き込まれ、押されるようにして、城壁の中の急な階段を一気に持ち上げられた。

上へ出てみるとすでにそこは人でいっぱいで、下の騒ぎとはうらはらに、恐ろしいほどにしんと静まりかえっていた。ドース男爵はほとんど落ちんばかりに胸壁から身を乗り出し、こぼれ落ちんばかりの目で夜の山道に長いフード付きのマントを翻し、馬をとどめた人物を凝視している。

その時、月が雲を脱した。

鋭い半月の光が落ちかかり、フードをとったその人物のすばらしい体軀と、それにふさわしいみごとな黒馬を照らし出した。

腰につるした大剣と、その名声に対してあまりにも質素ではないかと思われる飾りのない革の胴着とが、青みをおびた月光の下で使い込まれたものの鈍い艶をおびて光った。

「おう、そこにいるのはヴァレリウス殿か。久しいな」

深くとどろく声が響いた。

その口は獣の口であり、鋭い牙と桃色の舌をそなえ、黒い斑のある毛皮と立った丸い耳は、月によってこれもわずかに青みをおびている。

隆々と筋肉の盛り上がった肩、子供の腿ほどもある腕、ぶあつい胸と腰、鐙《あぶみ》にかるく乗せた足は裸足に軽沓《サンダル》がけだ。山の石の多い地面に、引き延ばされた濃い影がひときわ大きくのびる。

だがその目、あざやかな黄玉《トパアズ》の色をした猛獣の双眸は夜目にもしるく爛々と燃えて、胸壁にひしめく山の民と、声も出せないドース男爵、そしてヴァレリウス、マリウスたちを笑うように見ていた。

「ハゾスから男爵の書状を受け取った」

黒馬がまだまだ走れるというように首を振り立て、しきりに脚を踏み換えるのを器用にさばきながら、

「いろいろあって、開くのが遅くなった。だが一読して、すぐに発たねばならんと見た。サイロンから一息に馬でとばしてきたのだ。さすがに一休みしたい。とりあえず、中へ入れてはもらえんか、ドース男爵」


月が沈み、しらじらと明けた空に朝星がぼんやりと白く映る時刻になっても、城《ワルド》を包んだ昂奮はいっこうにさめなかった。前夜の沈滞した雰囲気は塵のように吹き払われ、誰もがせっせと働きながら、明るい声で笑い、活発にしゃべっていた。話題はみな、賓客として城に請じ入れられ、城内の最上の部屋で丁重なもてなしを受けている、なかば伝説と化した偉人の存在に占められていた。

「おらあ初めて見たよ、本当にシレノスだ、豹の頭でいらっしゃる」

「あのすごい肩や腕を見たかね？　まるで鋼鉄だ！　あんなに大きな剣を軽々と木切れみたいに扱われてさ」

「おいら馬のお世話をしたよ、あんなすげえ馬、神様だって乗っちゃいないね！　あんまり大きいんで壁をとっぱずして馬房をふたつ繋げなきゃならなかった、ほかの馬どもは怯えるやらぽかんとするやらで」

「あたしはお着替えの用意をしてお湯をわかしたよ、桶で汲んでお持ちしたらさ、あの分厚い肩ごしに振り返って『ありがとう、済まぬな』ってお言葉をくだすったのさ！

まあもう、あたしゃその場で小娘みたいにぶっ倒れるかと思ったよ、ぴかぴか光る金色のお目が細くなって、笑っていらっしゃるのがわかってさ」

下働きの者だけではなく、騎士のめんめんの中でも威厳を保ちつつ、なんとなく浮き立った空気が流れていた。あくまでしのびであるので、城内の人々にはどうぞそのままいつもの生活を続けてもらいたい、という豹頭王の要望により、中庭での朝の教練、馬馴らし、歩哨や見回りの交代といったいつもの日課は通常通りとり行われていたが、お互いすました顔で歩哨の役割を引き継ぐにつけ、すっかり浮き足立っている従士の少年たちを怒鳴りつけるにつけ、それとなく視線で挨拶をかわして城内をすれ違うにつけ、彼らの脳内には、月の光の下、巨大な黒馬にまたがり豹の頭を堂々と高くあげた神話的な姿が、いっかな離れず回っているのだった。

ワルド城に入った豹頭王グインは、自分の部屋を提供しようと申し出た城主ドース男爵に礼を述べながらも固辞し、腹を満たす食い物とできれば葡萄酒か火酒、ゆっくり休める寝床があれば充分だと笑って答えた。

むろん、それだけで済ますわけにいくはずもなく、ワルド城は一転、夜中にとつぜんゆすぶられた蜜蜂の巣のようにぶんぶん唸っていた。かまどの火が急いでかき立てられ、最良の子牛肉が取り出されてあぶられた。最上級の酒が酒蔵から運び出され、埃を払われる。宴の準備よりもあわただしい騒ぎとなった。あちこちからさまざまな衣服と調度、食器や掛け布やクッション類が再び運ばれて、小姓たちはお互いぶつかり合ったり蹴飛ばしあったりしながら、豹頭王のための部屋をととのえた。

「夜も遅い。詳しい話はまた明日の朝にしよう、ドース男爵、それに、ヴァレリウス殿」

湯を使い、ゆったりした衣服に着替えたグインは、いまだに衝撃さめやらぬ男爵とヴァレリウスにむかって言った。

「このような時間に騒がせて済まぬことをしたな、男爵。だが貴殿からの書面を一読し、これは一刻も遅らせるべきではないと考えたのだ。今ごろハゾスはサイロンで頭から湯気をたてていようよ。あれはよい男だが、まかせると行列だ先触れだといろいろ面倒になる」

吠えるように一声笑って、グインはさっさと居室に消えた。なにやら一陣の颱風に巻き込まれたような気分で男爵とヴァレリウス、それにひたすら口をあいていたマリウスは、お互いの惚けたような顔を見合わせ、ぎこちなく挨拶をかわして、それぞれの部屋に引き取ったのだった。

日が昇り、山の斜面に牡蠣殻《かきがら》のように広がるワルド城も、黒ずんだ色合いを明るい灰色ににじませた。

朝の用意に人々がせっせと駆け回る中、ヴァレリウスは早々に朝食をすませ、リギアの病室をおとずれた。まだきょときょとしているマリウスもいっしょで、話を聞きたいと喚び出されたブロンも、新しい衣装でリギアの寝台のかたわらに腰掛けていた。

「まったく、人の度肝を抜くのがお好きなお方だ、陛下は」

ヴァレリウスとマリウスが腰を下ろし、小姓がカラム水を注いでいってから、開口一番ブロンが言ったのがそれだった。

「閲兵式のおり何度か遠くからお姿をお見受けしたことはありますが、まさかこのような場所で、しかも間近に向かい合って、直言を許されることがあるとは思いもしませんでした。まだ夢を見ているような心地です。おそらく城内の者は、多かれ少なかれみなそうでしょう」

感慨深げにブロンは彼の家紋の入った胴着——翼を広げた鷲が二羽向かい合い、あいだに高い峰がそびえる図柄——をさすった。長い任務の間にのびた髪をきれいに整え、きれいに髭をそった彼はすべすべの顎が落ち着かない様子で、何度も手をやって確かめるように探っている。

「私は一介の騎士にすぎず、ましてや王のとなりで戦えるほどの武勇にも恵まれておりません。このことを亡き父や祖父が耳にしたら、光栄のあまり土の下でむせび泣くことでしょうね」

「普通ならサイロンからは馬でどれくらいかしら。五日？　十日？」

背中に枕をあて、起きあがっているリギアが指を折った。また髪が伸びて、肩に触れるくらいから少し下まで垂れる程度になっている。残っていた包帯もほとんどとれ、顔色の白さはまだ否めないものの、目の光はもとどおり、明るく強い女騎士の力を取り戻していた。

「どちらにせよ、いちばん早い馬と頑健な騎手を用意して、夜昼ぶっとおしで走り続けたとしても、まず五日を切るのは無理でしょうね。すべての宿場に換え馬を用意して、休まず駆けたとしても」

「どっちにしろ、グインは登場すべきときってのを心得てるよ」

マリウスはやれやれというように椅子にそりかえって背筋を伸ばした。

「グインがいきなり出現したおかげで、男爵はどうやらアッシャの話どころじゃなくなったようだし、城のみんなだってそうだ。もう口を開けばグイン、グイン、グインさ。アッシャを城外へ出すって話もなんだかうやむやになっちゃったし。そうなんだろう、ヴァレリウス」

ヴァレリウスは黙って頷いた。

内心ほっとしているのも事実だった。アッシャはいま、地下の訓練場と定めた部屋にこもらせ、念のため結界で覆ってあるが、城内にいるのと同様、城外に連れ出すのも不安がないわけではない。

物質的な城壁と人の目というものは、魔道に対しても時に有効でもありうる。パロで姿を現し、ここへの道中でも呼びかけてきたあのカル・ハンなるキタイの魔道師、あの男が、あきらめているとはとうてい思えない。虎視眈々とヴァレリウスの動向を監視しているのは確実だ。そしておそらくは、アッシャのことも。

城外へ出てアッシャと二人きりになれば、人目のないのをよいことにまたあの男が呼びかけてくるかもしれない。そしてその時、もう一度自分が心を強く持ち、あの男が吹き込む毒のような誘惑をはねつけられる自信は、ヴァレリウスにはなかった。そして今回ヴァレリウスが屈すれば、間違いなくアッシャをも、同じ運命に巻き込むことになるのだ。

(なぜなら彼は――あの御方は――けっして諦めず、時節を待つ賢さをお持ちの御方なのだから……)

「待たせたな。みな、揃っているか」

朗々とした声が響き、戸口をふさぐほどの長身巨軀が風のように音もなく舞い込んできた。

寝台の上のリギアをのぞいた全員が自然にさっと起立した。

ブロンがうたれたように膝をつき、頭を垂れる。

「ケイロニア王にしてケイロニア全軍総司令官、われらの指導者にして最高の戦士にして騎手、グイン王陛下」

ブロンは頭を垂れたまま一気にそう並べた。

「わたくしはマイア地方伯ルベルの縁に連なる者、モーの森林地帯に生を受け、ランゴバルド城にて叙階を受けました騎士ブロン・モルデス・ソーンと申します。豹頭王陛下の御見《ごけん》を受ける名誉に心より感謝を捧げます。神よ、ケイロニアと豹頭王に祝福あれ」

「まあ、立ってくれ、ブロン」

豹の頭ににが笑いを浮かべながら、グインは手を振った。

彼は城内の縫い子が大慌てで仕立て直した毛織りの黒い上衣をまとい、広い肩からマント代わりの分厚い黒熊の毛皮を下げていた。

さすがに履き物までは手が回らなかったらしく、昨夜はいていたのと同じくたびれた軽沓をつっかけている。右肩のところで生きているように細工された熊の頭部が肩甲のように毛皮をとめているが、その獰猛な表情も、生きて動く豹の顔の隣では子供のぬいぐるみなみに勢いをなくして見えた。

「俺はあくまでしのびでここへ来たのだ。おまえも知っての通り、ケイロニアは今大きな変動の時を迎えている。ケイロニア王である俺がサイロンをあけてよい時ではない。だが友である人々を捨ててもおけぬ。よって俺は、あくまで一剣士でありパロの朋友の無事を確かめる者として、ここへきた。どうかその意志を汲んではくれまいか」

「承知いたしました」

ブロンはもう一度深く頭を垂れ、ゆっくりと立ち上がった。

「しかしあくまで敬意を表することはお許しください。陛下のご武勇は、剣をとる者として尊敬などという言葉では言い表せぬほど高いものです。一剣士であるとおっしゃられるのであれば、どうぞ剣士から剣士への賛辞として、陛下のような方を司令官として頂くほどの幸福はないとの言葉をお受け取りくださいませ。われらケイロニア騎士一同、魂かけて、グイン陛下に忠誠をお誓いいたします」

「まあ、それならそれで、な」

決然としたブロンの顔に肩をすくめて、グインはあらためて手真似をし、みなを席に着かせた。

「うわあ、グイン、久しぶりだね！」

顔を輝かせて進み出、手をさしのべたのはマリウスである。ブロンが目をむいている前で彼はグインの両手をつかみ、元気に振った。

「パロじゃ息の詰まることばっかりでさ、あげくこんなことになっちゃうし、僕、しょっちゅう君がいてくれたらって思ってたんだよ」

「おまえもあいかわらず陽気にさえずっているな、小鳥の王子」

にやりとグインは笑って乱暴に吟遊詩人姿の王子の肩をたたいた。

「どうやらまた、たいした目にあったようだな。だが、見たところ怪我もないようで何よりだ。こちらも久しいな、リギア聖騎士伯」

　寝台の上のリギアにむかってうなずきかける。

「息災か……といってもよいのかな。パロでの一別以来だが、いささか調子が悪いようにお見受けする」

「あら、あたしは元気よ」

　きっぱりとリギアは言った。

「もうすっかり治ってるのに、ここの薬師とどこかの魔道師宰相が心配性で、なかなか起きる許可をくれないだけ。なんだったら今から手合わせでもする？　剣を持ちたくて毎日うずうずしてるの」

「心牽かれるお誘いだが、やめておこうか」

　またグインは楽しげに笑い、ちらりとヴァレリウスに目配せする。ヴァレリウスは素知らぬ顔で一礼しただけだった。

「さて、俺もそう長くはここにおられぬ」

　自らも数人の小姓がかついで運んできた巨大な椅子に落ち着き、グインは改まった口調で話を始めた。

「手っ取り早く話を聞かせてもらいたい。ヴァレリウス殿、男爵の書状は読んだ。パロがふたたびゴーラの侵略にあい、市民が虐殺され、リンダ女王がイシュトヴァーンによって囚われたというのは本当か」

ヴァレリウスは頷き、ここへたどり着くまでの話をひととおり語った。

抜けやヴァレリウスの知らぬ部分は、リギアやマリウス、ブロンが補った。グインは卓においた巨大な拳をこつこつ鳴らしながら聞き、重要な場面ではそれも止めて、じっと頭を下げて獲物をねらう豹のように耳を伏せ、黄金色の眸を細めて聞き入った。時折鼻面に深いしわが寄り、特に酸鼻な場面では、押さえきれぬ憤怒の表情に白い牙がのぞいて、喉の奥から低い唸り声がこぼれた。

「イシュトヴァーンのことだが」

ひと通りみなの話がすんで、しばらく考えに沈んでいてから、グインはゆっくりと口を開いた。

「あの男のそばにはカメロンがついているはずだが、カメロンはこのことを知っているのか？　あの男が、まさか他国に怪物を従えて乱入し、女王を監禁するなどという暴挙を許すわけがないと思うのだが」

「おそらく、パロ襲撃についてはイシュトヴァーンの暴走でしょうな」

そっとヴァレリウスが言った。

「パロに来るのまではカメロン卿もお許しになったのでしょう。あくまで表敬訪問という形でなら、宰相として文句をつける点はございません。しかし、その後パレスに侵入して女王を誘拐せんとし、また、それが失敗するや竜頭兵――どう考えてもキタイの魔道にほかならぬ産物――を従えてパロを劫略し、宮廷の要人および女王を監禁するなどというのは、常識の枠を越えております」

「キタイの魔道か。やはり竜王のさしがねがあったと」

「間違いなく」

ヴァレリウスは重く首を垂れた。

「私がパレスの外へ放り出されたおり、キタイの魔道師を名乗るカル・ハンなる男が現れて、嘲弄を投げかけてまいりました。おそらくあの男が竜王の意を受けてイシュトヴァーンの野望をあおり、無謀な愚行に走らせたのだと考えます。女王陛下やほかの貴族がたの中から、私だけを外へ弾きだし、助けを求めるようにと走らせたのも、おそらくこうして、私が御身、グイン王のところへ向かうものと計算した上でございましょう。腹の煮える思いではございますが、われわれは、いまだに竜王の手のひらの上で踊らされているというわけでございます」

「だが、相手の気に入るように踊ってやる義理もあるまい」

軽くいなして、グインは手のひらを上に向け、強く握りしめた。

「踊るふりをして、相手の手のひらを踏み抜いてやるという方法もあるだろうさ。カメロンがこのことを知れば、確実にイシュトヴァーンを連れ戻しに動くだろう。新生ゴーラはまだ、国としての形態も整いきっていない。国力が衰えたとはいえ中原の大国、しかもなにかあれば俺が後ろ盾になるとわかっているはずのパロに対して、そこまでの暴虐を働いてよい時でもなければ道理でもないと、あの男なら理解しているはずだ」

「イシュトヴァーンにはあいつ子飼いのならず者のほかに、カメロン卿麾下《きか》のドライドン騎士団が付き添ってたよ」

マリウスが口をはさんだ。

「カメロン卿はきっと、イシュトヴァーンの素行については定期的に連絡させていたと思う。このことが卿に伝わってないはずないよ。あの人ならきっと、何をおいてもすっとんできてイシュトヴァーンを叱りつけて、国へひっぱり戻すはずだけど」

「だが、まだそのような知らせは届いていないのだな」

「パロ魔道師ギルドが全滅し、主な魔道師もいない今、ここからパロの様子をうかがうには旅人の噂を頼るしかないありさまですが」

悔しげにヴァレリウスは唇をかんだ。

「今のところ、カメロン卿がパロを訪れた、あるいはパロを解放したという話はございません。私が遠見の術で観ようとしても弾き返されるのは、いまだにキタイの魔道がパロを覆っている証拠でもございましょう。時が経てば経つほど状況は悪くなると明白であるのに、あれほど賢明なカメロン卿が放置なさるはずはないとは存じますが」

「パロで一度、マルコって呼ばれてるドライドン騎士を見かけたわ」

寝台の上で腕を組んでリギアが言った。

「あたしはイシュトヴァーンがいる間は極力パロには近づかないようにしてたんだけどね、どうしても用事ができたときに、ちょっと。イシュトヴァーンの側付きみたいなことをしてたけど、真面目そうな、いかにもカメロン卿に似合った感じの若者だったわ。彼や、ほかのドライドン騎士たちも、イシュトヴァーンに同調して騒ぎを起こすような人たちとは思えない。きっと誰かが、カメロンにこのことを知らせてるはずよ」

フム、とグインは鼻を鳴らした。

彼がしばらく沈思している間、一同は息詰まる思いで彼の次の言葉を待っていた。豹の頭が分厚い胸の上に垂れ、金色の眼は眠ったように閉ざされている。歯をむいて唸る形に細工された熊の頭さえも、もはや通ってはいない呼吸をのんで、じっとこの豹頭のシレノスが次の判断を下すのを待ち望んでいるかに思えた。

「ヴァレリウス殿」

ついに言葉を発したとき、一同ははっとして椅子から腰を浮かせた。ヴァレリウスの青ざめた顔から、さらに血の気がひいて紙のようになった。

グインは熊の毛皮を重たげに揺らして立ち上がった。

「しばらく二人きりで話したい。場所を移そう。少し、外の空気を吸いたくなった」

第三話　愛に値せぬもの

1

「リギア殿はご立腹です」

少しあと、彼らはワルド城を囲む胸壁の上をゆっくりと歩いていた。

すれ違う騎士や兵士たちは目を飛び出さんばかりに見開いたあと、その場にしゃちこばって敬礼した。グインはほとんど自動的な動作で手をあげて答礼していた。黄玉色の目は伏せられ、その豹の頭の中で、めまぐるしく思考が回転しているのがわかった。

「自分だけ蚊帳の外におくのかと大変なご不興ぶりでしたよ。あれをお収めいただく任を私にくださるのだとすれば、陛下もよほどお人が悪いといわねばなりませんな」

「いや、リギアもわかっているさ。ただ、じっとしていることに飽き飽きしているだけだろう、彼女のことだから」

北の物見の塔の暗い戸口をくぐりながらグインは言った。小柄な山岳民にあわせて作られた入り口は上が低く、ヴァレリウスでも首をすくめ、グインはほとんど体をふたつ折りにしてくぐらねばならなかった。

「寝台から離れて、剣を握りさえすればあっという間に治るだろう。心配するほどのことではない」

「陛下はそうおっしゃいますが、相手をするのは私です」

返事はなく、石造りの螺旋階段の上の方から、朗らかに笑う声がこだましてきた。

ヴァレリウスは小さく舌打ちして、数段とばしてさっさと階段をあがっていく相手のあとを、小走りに追いかけた。

頂上に出た。物見の塔の屋上は兵士が数人うずくまればいっぱいになるほどの狭い空間で、周囲を腰ほどの高さの壁に囲まれている。

強い風が吹きつけ、耳元でひゅうひゅう音をたてた。間隔をおいて刻まれた矢狭間《やざま》に弩弓《どきゅう》がよせかけられていて、予備の矢弾や投石機のための丸石が積み上げられており、せまい空間をよけいに狭くしている。

山の斜面に広がるワルド城の中でも、ここはひときわ高い位置にある。特に高く作られているのにあわせて、地形的にももっとも高い場所に突き出すように建築されているのだ。

ヴァレリウスは頭をあげて空を見上げた。雲はなく、陽は中天にあって小さい。空気は冷たく乾き、蒼穹《そうきゅう》の高みで気流が口笛のような音を立てている。ここから見下ろすと、いちばん平地に近いあたりの畑や農場は手のひらほどにしか見えない。一瞬ふっと目のくらむような感覚に襲われ、ヴァレリウスはあわてて腰壁から後退した。

「結界をたのむ、ヴァレリウス殿」

グインは転がされた石弾の上に腰をかけた。黒熊の毛皮がはためいて、爪のついたままの四肢の皮が生きているかのように踊っている。

「いささか内密の話になる。先ほどは口にしなかったが、おぬしも俺も、まだ言わねばならぬことがいくつかあるはずだ。訊きたいこともな。万が一にも余所には漏らしたくないこともある。念には念を入れたい」

豹の眸が鋭く見据える。

ヴァレリウスは首をすくめ、片手をあげて印をきった。

魔道師の目にしか映らない炎がきらめき、消えた。特に変わったことは起こっていないように見えたが、今この塔は、常人が見たところで誰の姿もなく、また見ようという気も起きないに違いない。

風の音は変わらず遠く近く響いていたが、ヴァレリウスは、体内に流れる魔力がにじみ出て、見えない陽炎となって塔の屋上を包むのを感じていた。

「さて、ヴァレリウス殿、単刀直入に訊こう」

気楽そうにのばした足を組み、穏やかな口調でグインは言った。

「おぬしは、イシュトヴァーンの暴走の背後に本当は何があると見る」

「……何、とは」

自然に喉が鳴った。空咳をいくつかして、ヴァレリウスは単調な言葉で応じた。

「キタイの竜頭王とその魔道師、ということで間違いはございませんでしょう。そのことは先ほども、お話し申し上げたと存じますが」

「そうだな。大本が奴らであることには、俺も異論はない。だが、気にかかるのは」

膝の上に丸太のような腕をのせ、グインはわずかに身を乗り出した。

「イシュトヴァーンは大の魔道師嫌いであるはずだ、ということだ」

とっさにヴァァレリウスはなにも言うことができなかった。

「俺の記憶からは消されているらしいが、イシュトヴァーンは一度、魔道によって操られたことがあるそうだな」

グインは言った。ヴァレリウスは頭をたれて肯定の意を表した。彼を──あの地上の月を捕らえ、結局寝台の上に縛りつける遠因ともなった一事は、ヴァレリウスにとっても鋭い痛みを与えずにはおかない記憶だった。

「とすれば、魔道による催眠で操られてなした所行は、奴にとって耐えられぬほどの大きな屈辱であり、痛みだった」

グインは続けて、

「あの男は、かかされた恥をけっして忘れぬ。失敬ながらパロ宰相、すなわちおぬし、ヴァレリウス殿——が魔道師であることも、魔道師嫌いに拍車をかけていよう。そのような男が、いかに竜王の影のあとおしとはいえ、しかも得体の知れぬキタイの魔道師ごときの口車に、簡単に乗せられるはずがないと俺は考える。奴の所行を聞くに、どうやら催眠やそのたぐいで操られているわけでもないようだ。では奴は、みずからの意志でキタイの魔道師を受け入れていることになる」

「なにかきわめて上等な条件でも差し出されたのでございましょう」

ヴァレリウスは言ったが、それは自分でも喉のつまったような声に聞こえた。

「彼はリンダ女王陛下に恋着し、陛下の夫君となろうという野望に執着しておりました。ゴーラに加えてパロを乗っ取り、女王陛下を確実に我がものとさせてやるとでも唆《そそのか》されたのではございませんか」

「まあそれもあろうが、しかしな」

金色の炎のような視線がヴァレリウスをまともに貫いた。

「それだけで丸め込まれるほど、あれも甘い男ではない。おぬしも知っていよう。あれはある面ではきわめて信じやすい、純粋なところがあるが、ほとんどの面では非常に疑い深く、猫のように用心深い。有利な条件を提示されたからといって、見知らぬ魔道師に我が身をゆだねることなどありえぬ。それがたとえリンダのことであろうとな。なにかひとつ、もうひとつ、あの男を有無を言わせず抱き込む要素があったはずだ」

「魔道師にまたもや操り人形にされているとはお考えにならぬのですか」

ヴァレリウスは無意識に唇をなめた。乾いた唇はひび割れ、かすかに血の味がした。

「その可能性は考えた。おぬしもそうであろう、ヴァレリウス殿。しかし、そのようなことはおそらくない」

容赦なくグインは答えた。

「以前、賢臣としてたたえられたファーン公が魔道の操り人形とされていたことがあったな」

ヴァレリウスは視線をはずして「ええ」と呟いた。腐り果て、煮えたように白い目玉をむいてよろよろと歩を運ぶかつての貴顕の姿が脳裏をよぎった。

「つらい話を思い出させてすまぬな」

慰めるようにグインは頭を下げた。

「しかし、魔道師としておぬしも知ってのことではあろうが、操り人形はいかにしても人形以上のものにはならぬ。イシュトヴァーンはなみならぬ戦士であり、彼なりの考えを持つ策士でもあり、ゴーラの王であり、中原の一角を占める支配者でもある」

口をとざしているヴァレリウスを、すかすようにグインは見た。

「人を完全に意志のない人形とするのは容易ではない、ことにイシュトヴァーンほど強い、強靭な、というよりは、我が強く頑固で、へそ曲がりな精神を持つ男はな。この場合のもっとも上手《じょうしゅ》とは、イシュトヴァーンが理屈もなにも抜きでひれ伏すような相手、彼がなによりも敬愛し、その言葉であれば、どのようなことでも信じ込むような人物を送り込んで、その口から意志を伝えさせることだ」

かたくなにヴァレリウスは視線をそらしている。

グインは小さく息をつくと、声音をわずかに変えて、「その指」と言った。

ヴァレリウスの頬が痙攣した。いつのまにか左の薬指をせわしなく擦っていたことに気づき、すばやく両手を袖の中に滑り込ませる。

「おぬしに以前会ったときには、その指に、確か青い貴石の指輪がはまっていたな」

静かな声でグインは続けた。

「そして、俺の知るある人物も同じ指に指輪をつけていたという。俺はくわしいことは知らぬ、が、それは青い貴石を填《は》め、昏《くら》い女神の像を刻みこんだものだったと耳にしたことがある」

ヴァレリウスは歯を食いしばってうめき声が漏れるのをこらえた。容赦なくグインは続けた。

「造りを聞くに、どうも二つの指輪は対で作られたものではないかという気がするのだ。

的外れな推測であるかもしれん、青い貴石の指輪などどこにでもあるものだとおぬしは言うかもしれん。だが、俺は俺の直感を信じて生きてきた。このたびもそれが俺に告げるのだ、二つの指輪は、かかわり深いなにものかを両者の間に秘めているのではないかとな」

かたくなにヴァレリウスは沈黙していた。

「またその直感に従うならば、俺の知る限り、そのもうひとつの指輪の持ち主は、イシュトヴァーンにとってもかかわり深い人間のはずだ」

石のようになっているヴァレリウスに、グインはそう言葉を継いだ。

「イシュトヴァーンが無条件に膝を屈する相手というのはこの世にそう多くはいまい。おそらく、俺の考えるその人物しか、彼を従えうる人間はいないのではないか。魔道によって操られているという可能性をのけて考えるならば、その人物がイシュトヴァーンに近づき、彼を駒として、嫌い恐れるはずの魔道さえも使わせてパロを蹂躙させたのではないかと思う。おぬしの考えはどうだ、ヴァレリウス殿」

「そのお方はすでに亡くなられました」

絞り出すようにヴァレリウスは言った。自らの耳で聞いてさえ、その声は苦しげで、喉を絞められたようにかすれて耳障りだった。

「亡くなられ、今はマルガの霊廟にて安らかに眠っておられるはずです」

「ほう、そうか」

グインの言葉はひどく無情な響きを帯びた。

「本当におぬしはそう信じているのだな、ヴァレリウス殿」

「陛下！」

耐え切れぬ調子でヴァレリウスは吐き出した。ひどく震えだした手足を隠すためにぎゅっと身を縮め、垂れ下がる灰色の髪にひきつった顔を隠す。かたかた鳴る歯を割れんばかりにかみしめ、呻くように、

「なにがおっしゃりたいのです、陛下。あの方は亡くなられました、間違いなく亡くなられたのです。死の床にお付き添いになった陛下はご存じのはず。あの方は最期に陛下の豹頭に触れられ、ほほえんで、息を引き取られました。ご存じのはずです、陛下、あなたは」

「俺もそのように聞いた」

グインはつと頭をめぐらせた。

射るような視線から逃れて、ヴァレリウスははげしい息をついた。袖の中で握りこんだ両手の爪が肌に食い込み、刺すように痛む。

「俺の記憶からは消去されてしまったが、かの男が世を去り、マルガに葬られたことはあらゆる世人が認める事実だ」

考え深げにグインは呟いた。

かつてパロの魔道機械によって彼の記憶は大幅に消去され、それ以来、欠落の多い部分を、記録や人からの伝聞で補わねばならなかった。しかし、彼の活発な頭脳は、単なる事実の羅列から、はるかそれ以上のものを楽々とつかみとってくることを、パロ宰相、また魔道師として、ヴァレリウスはいやと言うほど知っていた。

「だが、竜王の魔道は異界のものであり、その思考もまた異界のものだ。パレスを魔界に変えたという魔王子アモンの所行も、俺は目にしている——いや、そのはずだ」

一瞬グインの黄色い眼がゆらぎ、遠くのものを見据えるかのようにかすんだ。

「これもまた、俺の中から正確なことは失われてしまった事柄だが。しかし、人から聞く話、目にした記録、かつなによりも、我が身がその名を口にする時わきあがるおぞましい感覚から、それがいかな地獄絵図であったかは推察できる。俺は——」

言葉を切り、石のようになって身を震わせているヴァレリウスを横目で窺うと、グインはまぶたを伏せて、気を変えたように「まあいい」と呟いた。

張りつめた空気が一気にほどけた。ヴァレリウスは水をかぶった犬のように首を縮め、大きく身を震わせた。

「いずれにせよ、まず相手にすべきはイシュトヴァーンであって、操り手はそう簡単に表に出てくる相手ではなかろう」

グインは続けた。

「相手が誰であれ、俺の考えたとおりの者であるとしての話だが、まあいい、どうやら今はその時ではないようだ。今はまだ、な」

今いちど鋭い視線にさらされ、ヴァレリウスは首をすくめた。グインの豹頭の隣から黒熊の細工された目が、責めるように彼を見ている。

指がひきつって痛んだ。ヴァレリウスはさらに両袖の奥に裏切り者の手をひっぱりこんだ。

「それとな、ヴァレリウス殿。これも俺の推測にすぎぬのだが」

調子をかえてグインは続けた。何が告げられるのかとヴァレリウスはまた身構えた。

「おそらく、カメロン卿はもはや生きてはいまい、と思う」

「なんと」

話題がそれたことより、あまりに重大な言葉を告げられたことに、ヴァレリウスはあっけにとられて口をあけた。

「それこそ魔道の催眠にかけられたか、それともひそかに暗殺されたか」

考え込むようにグインは黒熊の長い毛足に顎を埋めている。

「どのようなやり方かはわからぬが、イシュトヴァーンにもはや干渉できぬようにされたことは確かだと俺は思う。考えてもみるがいい。先ほどの席でも出た話だが、カメロン卿が、今回のようなイシュトヴァーンの暴挙を、黙して座視するわけがないではないか」

「それは――確かに……」

「もし俺がイシュトヴァーンを自由に操りたいと望むなら」

グインは低く唸った。

「その第一の、そして唯一の障害は、カメロン卿の存在だ。イシュトヴァーンを我が子のように愛し、道をそれたときには叱り、王者として、また人として、正しい道を歩ませようと命がけになっている男だ」

ヴァレリウスもうむ、と唸って考え込んだ。

「もしイシュトヴァーンを手駒とし、意のままに動かそうとするなら、まず除かねばならないのはカメロン卿だ。イシュトヴァーンの親代わりであり、良心であり、智恵であり、唯一その行動に歯止めをかけられる男だ。

またゴーラという国も、ほとんどカメロン卿の手腕によって運営されているにひとしい。彼ひとり排除すれば、イシュトヴァーンとゴーラ、この二つは完全に操り手の意のままになる」

「では、カメロン卿の介入によってパロの騒動が回復されることは」

「ない、だろうな。おそらく」

グインは頭を振った。ヴァレリウスは息を止めてしばらく考え、やがてグインの意見が正しいという結論にたどり着いて、深い吐息をついた。

「ここで有効なのはあくまで正面から、イシュトヴァーンの暴虐を非難し、正統な後継者の名のもとに、パロの統治権の返還を要求することだろう。竜王はまだ自ら表に出て争う準備ができていない、あるいは、まだその時ではないと考えているようだ。ならばその流儀にそってやるしかない。マリウスならば充分、パロの王位継承者を名乗る権利がある」

「ご本人はお望みでないようですが」

「それはそうだ」

マリウスの陽気な顔を思い出したのかグインは片頰に笑みを浮かべ、白い牙をのぞかせた。

「あるいはイシュトヴァーンの目をかすめてパロに潜入し、リンダを救出するか。いや、そうだ」

何かを思いついたようにトンとグインは指で膝をたたいた。

「ヴァレリウス殿。今、レムスはどうしている」

「レムス先王陛下、でございますか」

急に意外な名を口にされてヴァレリウスはとまどった。

「レムス殿下は退位以来ずっと、王宮内の〈白亜の塔〉にて療養されておられますが」

「つまり蟄居《ちっきょ》の身の上というわけだな」

グインはあっさりそう片付け、腕を組んだ。

「ヴァレリウス殿。レムスはまだ無事でいると思うか」

「レムス殿下が」

話がどこへ向かおうとしているのかわからず、ヴァレリウスはまごつきつつも答えた。

「それは、確かめる暇もなく国を出てまいりましたが——ええ、〈白亜の塔〉の世話人たちは古代の魔道によって動く一種の機械であり、外部がどうなっていようと、レムス様のお世話をやめることはありません。女王陛下のご意向により、弟君が自らの身を傷つけたり、自害なさる危険が露ほどもないよう、あの塔がご座所に選ばれたのです。パロ王家の血を引く者でないかぎりあの塔に入ることはできず、それはたとえ竜頭兵であろうと同じです。パロ王家の血以外、どのような魔道の干渉もはねのける場所でもございますから、おそらく今でも、あそこにいらっしゃるのではないかと」

「では、こういうことはどうかな」

グインはトン、ともうひとつ指を鳴らした。

「リンダを救出するのはかなり難しいだろう。おそらく彼女のそばには常にイシュトヴァーンがいるだろうし、竜王の配下の注意もそこに集中している。無理に奪還しようとすれば、イシュトヴァーンおよびその背後の竜王と全面闘争になりかねない」

トントン、とグインの指が鳴る。

「しかし廃位され、長年塔に幽閉されたままの先王に、誰が注意を払うだろうかな」

「陛下！」

あわててヴァレリウスは叫んだ。

「では陛下は、もしや」

「レムスをパロから連れ出し、奴に対する新たな正統のパロ王として、イシュトヴァーンに対抗させるのだ」

力強くグインは言った。

「少なくとも、マリウスよりは向いているはずだ。現女王の弟であり、一度はパロの玉座にも登った身だ。間違いなくパロの青い血の、唯一の正統の男子でもある。この非常事態に、ふたたび立って新たなる王権を宣言するのに不足はあるまい。

俺はレムスをノスフェラスで出会った頃から知っている。あの若者はあれで、なかなか芯の強い、怜悧な精神の持ち主だ。魔道師の霊などに憑依されたために人生を曲げられてしまったが、いま国家存亡の危機にあって、もう一度、王として立つに不足はないと俺は思うが」

「そ、それは、そうでもございましょうが、しかし」

しばらく思い出しもしなかった、ほとんど考えたこともなかった王弟の存在をとつぜん大きなものとして示唆されて、ヴァレリウスはひどく混乱した。

宰相となり、国事をこなすことに懸命になるあまり、哀れにも利用された末、廃人のようになってしまったレムスを、〈白亜の塔〉の心のない世話人たちに預けたままにしてしまったことを恥じる気持ちもあった。

それと同時に、操られてしたこととわかってはいつつも、かの指輪の主にむかってなした仕打ちも忘れられぬ自分にもまた、ヴァレリウスは気づいていた。そもそもの初めであるレムスと彼の対立がなければ、マルガの霊廟は空のまま、誰よりも華麗で美しかった彼が、寝台から起きあがることもできぬ病の身になることもなかったのだ。

袖の中で左手の指がひくつく。ヴァレリウスは尻の下に手をしいて、小石の食い込む痛みではるかに勝る心の苦痛を押し隠そうと努力した。

「複雑そうだな」

黙ってしまったヴァレリウスを眺めて、グインは穏やかに語りかけた。

「これは単に俺の考えであるというにすぎん。またどのように状況が動くともかぎらん。俺はまだしばらくケイロニアを動くことはできぬし、ケイロニア自体、パロ奪回に軍を動かせるほどの余裕はまだないと言わざるを得ん。それでも友邦の危機は捨ておけぬ。竜王が背後にあるとなればなおさらな。もし一刻も早くパロの奪回とイシュトヴァーンの追放を目指すのであれば、今の時点でとれるべき手はこのようではないか、というひとつの提案だ。考慮するもせぬもおぬしにまかせる、ヴァレリウス殿」

何度か深く息を吸ってから、ヴァレリウスは黙って深く頭を垂れた。

グインはうなずき、頭をめぐらせて胸壁をこえた地平に目をやった。風が強い。肌を切りつける冷たい上空の空気に、豹頭の下の分厚い肩のまわりで、黒い翼のように熊の毛皮がひるがえる。

「……では、今度は私からお訊きしてもよろしいでしょうか、陛下」

ささやくようにヴァレリウスは言った。

グインは肩越しに見返って、目顔で質問をうながした。

「なぜ、次期ケイロニア皇帝として、グイン陛下がお立ちにならなかったのです？」

風が鋭い音をたてて吹きすぎた。

グインははげしくなびく黒熊の毛皮に身を包んで、じっと彫像のごとく立ちつくし、遙かな山並みと、サイロンへと続くワルスタット街道の白く光る筋を眺めている。黄金と黒檀できざまれた神像のように侵しがたく、動かず、容赦のない畏怖を与える姿だった。

「差し出た質問であればお許しください」

ヴァレリウスは言った。

「しかし、不思議でならぬのです。昨晩、陛下がいらっしゃる前のこの城の者一同、きわめて動揺しておりました。みな、アキレウス大帝なきあとはグイン陛下がケイロニア皇帝の座を継がれるものと信じ切っておりましたものが、突然、オクタヴィア皇女殿下が女帝として即位されると発表されて、一同、恐慌に陥っていたと申し上げても過言ではございません。

オクタヴィア殿下はこれまで国事にかかわられたこともなく、ご本人も帝位を望まれてはいなかったと聞き及びます。それがなぜ、選帝侯会議はグイン陛下ではなく、あえて女性、そしてこう申しては何ですが、庶子であるオクタヴィア殿下を推すことになったのですか。そして陛下、陛下もまた、なぜその決定を、うべなわれたのでございますか」

しばらくは風の音だけがその答えだった。

グインは黄金の豹の目を黙してサイロンへの道に注ぎ、ヴァレリウスは辛抱強く答えが返ってくるのを待った。

城のどこかで角笛が鳴り、銅鑼が打ち鳴らされて、見張りの交代時間を告げた。厨房《ちゅうぼう》の方からおおよそ三人分の怒鳴り合いと、馬鹿笑いするいくつもの声が同時に流れてくる。作業から解放されて、歓声を上げげつつ表へ駆けだしてくる少年たちの笑い声が泡のように立ちのぼってきた。

「――シルヴィアに」

グインは言った。激しくはためく毛皮の鳴る音にかき消されてしまいそうな、彼らしくもないかすれた声だった。

「シルヴィアに、子供がいたのだ」

ヴァレリウスは音をたてて息をのんだ。

反射的に問い返そうとして、火を噴くような豹の双眸に出会っていそいで身を引く。反論も質問も、喉の奥に押し戻されてしまうような剄烈なまなざしだった。

「で、では」

何度か喉を鳴らし、空咳を繰り返して、ようやくヴァレリウスは言葉を絞りだした。

「ではその、父親は」

「実際の父親は誰であろうと、シルヴィアが生んだ以上、父親は夫であるこの俺だ。それ以外ではない」

反論を許さぬ口調でグインは断言した。ヴァレリウスは体が自然に震え出すのをとめられなかった。

シルヴィア皇女の乱行はもはや吟遊詩人の戯れ歌にまで歌われるほどの醜聞となっている。表向きには病のために、となっているが、彼女が廃嫡された真の理由がそれではないことはもはや公然の秘密だ。

夜の街にさまよい出て、娼婦のように男漁りをして歩いたというシルヴィアが生んだとなれば、少なくともその胤《たね》は、夫であるグイン自身ではないことは確かだ。彼女は豹頭の夫をきらい、そこから逃げるようにさまざまな男の寝床を渡り歩いた。父親はどこの誰とも永久にわかるまい。

「し、しかし、いかにシルヴィア皇女にお子があろうと」

「俺はあくまで、ケイロニアにとってはよそ者でしかない」

静かにグインは言った。

「アキレウス大帝は俺を息子とさえ呼んでくれた。しかしどこまで行っても、俺はしょせん生まれもわからぬ風来坊であり、自分が何者であるかすら知らぬ、あやふやな存在にすぎぬ。アキレウス大帝という巨大な支柱が倒れ、今、ケイロニアは大きく揺れている。それをまとめるには、正しくアキレウス大帝の血を継ぐ者、正統のケイロニア帝室の皇帝が必要なのだ。俺では、その任に沿うことはできぬ」

「民はみな、グイン陛下を慕っておるではございませんか」

懸命になってヴァレリウスは言った。グインの声にこもった、彼がめったに見せぬ心の痛みと苦悩に、彼もまた動揺していた。

「かもしれぬ。ハゾスもそう言った」

片目を細めて、グインはにがく笑った。

「だが、民の支持と、実際のまつりごとの上の話はまったく別のことだと、おぬしはよくわかっていよう、ヴァレリウス殿。シルヴィアは廃嫡されたとはいえアキレウス大帝の正嫡であり、その血にはかわらぬ意味がある。たとえシルヴィア自身には継承権がなくなったとしても、彼女の子、大帝の孫となる皇子ならば、充分に帝位継承者として立てることができる。それがまだ自らの身をどう処すこともできぬ赤子であれば、それを盾に権力を求める者には、これほど便利なものもあるまい」

「男子――だったのですか。シルヴィア殿下のお子は」

思わず聞き返して、ヴァレリウスはまた言葉を飲み込んだ。炯々《けいけい》と光る黄金の目は、ここまで話してしまうつもりはなかったと雄弁に告げていた。また、これ以上は訊くなとも。

「俺がおして帝位につけば、おそらく、ケイロニアを二分する内乱が勃発することになっただろう」

ふたたび地平線に目を戻して、グインは独り言のように続けた。

「ただでさえ黒死の病に痛めつけられたケイロニアの民に、俺は再びそのような苦難を味わわせるつもりはない。内乱というものがどれほど国を疲弊させるかは、ヴァレリウス殿、おぬしもその目で見たはずだ」

ヴァレリウスは喉の奥に堅いものがこみあげるのを感じた。あの夏の日々、歓声と昂奮、光に満ちた歓喜の時間、そしてそのあとに続いた血と叫喚と苦痛と苦鳴の渦巻く混乱が自分たちを吸い込んでいったことが昨日のことのように目の裏を通り過ぎた。また指がひくついて痛み、裏切り者の手を声を出さずにヴァレリウスは呪った。

「分裂を避けるにはアキレウス大帝の血筋であり、かつ、まだ赤子である皇子よりも執政能力のある候補をたてるしかなかった」

グインの言葉はまだ続いていた。

「それが、オクタヴィア殿下と」

「そうだ」

わずかにグインは頭を動かした。

「オクタヴィアは脇腹であっても間違いなくアキレウス大帝の娘であり、英雄の血を引いている。彼女がけっして見た目通りにおとなしくも、控えめでもないことはおぬしも承知していよう。男装してケイロニア皇帝の命を狙おうなどという危険な計画を、そのあたりの気の弱い女子《おなご》などがたてるものか」

ヴァレリウスは渋々うなずいた。その計画がマリウスことパロのアル・ディーン王子と彼女を出会わせ、結局、復讐心をすてて父大帝に面会し、皇女として認知されることにつながったわけだが、男性として流れの剣士になって皇帝を暗殺しようなどという考え自体、普通の娘なら恐ろしくて考えることもできなかろう。むしろ正嫡の皇女であり皇位継承者として贅沢に育ったシルヴィアよりも、父の苛烈な血を濃く引いているのは、厳しい生まれに耐え抜いたオクタヴィアのほうかもしれない。

「彼女は聡い。宮廷で身を低く処し、けっして高ぶらずひかえめにふるまっていたのも、ほとんどまつりごとの場に現れようとしなかったのも、俺やシルヴィアの存在と万が一にもいらぬ摩擦を起こさぬよう、自分や娘が内乱の火種にならぬよう、気を使っていたからにほかならぬ。

　彼女はケイロニアを愛している。いったん帝位につけば、彼女のうちの英傑の血は熱く燃え、みごとな女帝が誕生するだろうと俺は確信している。これまで帝位を望まず、陰の存在でいつづけたこと自体が、彼女の皇帝としての資質のあかしだ。オクタヴィアは複雑な宮廷の権力の網をどうかいくぐり操るか本能的に知っている。彼女はケイロニア皇帝にふさわしい。俺などよりも、ずっとな」

「しかし、しかしですな」

　そのまま同意してしまうのはいささか抵抗があり、ヴァレリウスは言葉を探して唇をなめた。

「しかし、ならば陛下とオクタヴィア殿下が共同で帝位につき、二人で統治するという道はなかったのでしょうか。あるいは」

　ひとつ息を吸って、一気にヴァレリウスは言った。

「思い切って申し上げますが、陛下がオクタヴィア殿下と婚姻なさり、殿下の夫君としてあらためて帝位につかれるなどの道は」

グインはなにも答えなかった。

「もちろん、シルヴィア殿下と陛下が結婚なされているのはわかっております」

急いでヴァレリウスは言葉をついだ。

「そして、オクタヴィア殿下がかつてアル・ディーン王子と結婚なさっておられたことも。しかし、シルヴィア殿下は失礼ながら廃嫡の身、婚姻の絆をなかったことにしたところで誰も文句は申しますまい。またオクタヴィア殿下もすでにアル・ディーン殿下とは離別しておられる。ならばオクタヴィア殿下を正妃の位置になおし、その上で、陛下が皇女の夫君として帝位につかれても、なにも問題はございますまい」

「俺はオクタヴィアのことは好きだし、評価もしている」

グインはかすかに笑ったようだった。苦く。

「しかし、愛してはおらんよ、ヴァレリウス殿」

「政治に愛は不要です」

ヴァレリウスは切り返した。

「考えねばならぬのはケイロニアの安定と民心の慰撫。ケイロニアの分裂を防ぐためにアキレウス大帝の正統の血筋が必要とおっしゃる、それはその通りでしょう。しかし民の心はどうなります。グイン陛下の存在は、ケイロニアの民にとって大帝におとらず高いのです。大帝の血筋を継ぐ妃と、神話のごとき豹頭王。この二人が並んで玉座につくなら、大帝を喪い、動揺したケイロニアの民の心はこの上なく慰められましょう」

グインはヴァレリウスを見ようとせず、あくまで地平線に目を据えている。

「なにも床入りを伴う――無礼な物言いをお許しください――婚姻でなくともよいのです」

ヴァレリウスは言いつのった。

「陛下には妾妃にお子があるとのことも聞き及びます。その妃をたいそう愛しておられるとも。それはそれでよろしゅうございましょう。オクタヴィア殿下も、愛を求められるならば、別の場所に求められてよいのです。

あの賢明な女性であれば、そのために国を揺るがすような相手をお選びにはなりますまい。統治のための婚姻はあくまで民のため、ケイロニアのためです。愛は甘くもありますが、時にそれは致命的な毒とも化します。まつりごとの場に、持ち込んでよいものではないのです」

「愛か」

短く呟いて、しばらくグインは黙った。

風がすすり泣くように空の高みで鳴り響き、黒い毛皮がゆったりと大きくなびく。ヴァレリウスは息を殺して石の上にうずくまっていた。

「俺はな、ヴァレリウス殿」

やがて頭をかたむけて、グインはヴァレリウスを顧みた。黄金の炎のようなその双眸に、ヴァレリウスははじめて痛みと悲傷の色を見た。

「俺は、自分は愛に値せぬ男ではないかと、最近そう思うことがある」

「なんとおっしゃいます」

驚愕してヴァレリウスは問い返した。

「陛下を愛さぬ女性など、この世におりますものでしょうか。シルヴィア殿下でさえ一時は、陛下を愛しておられたのではありませんか」

「だがその愛が、彼女を地獄に突き落としたのだ」

込められた痛みと苦悩はあまりに強烈だった。一瞬、ヴァレリウスには返す言葉がなかった。

「俺の妃とならなければ……いや、俺と出会いさえしなければ、シルヴィアはあのような不幸に陥ることはなかった」

一言一言がかみそりの刃であるかのように、グインの声は細く鋭かった。舌から滴るまぼろしの血を、ヴァレリウスは見たように思った。

「彼女はごく普通の娘だった。皇女として生まれはしたが、本当に求めていたのはただ愛情、心を満たしてくれるごく普通の結婚と、愛してくれる男との穏やかな生活でしかなかった。それを、俺などと出会ったために、グラチウスの陰謀に巻き込まれ、魔薬のとりことなって、あげくに自らの民にまで後ろ指をさされる境遇に堕ちた」

「それは、陛下のせいなどではございません」

ヴァレリウスは拳を握った。

「すべてはグラチウスの黒い手がなしたことであり、シルヴィア妃はその傀儡《かいらい》となられただけです。陛下が咎と感じられる筋合いなど、どこにもございません」

頭を振ってグインは答えなかった。この一事はいまだに、彼の英雄の魂にも癒えぬ深い傷を残しているようだった。なおも続けようとしたヴァレリウスはためらい、顎をこすり、額を擦り、沈黙した。

「ヴァルーサに子ができた時にも、俺は内心ひどく恐れたのだ」

しばらく間をおいてまた口を開いたとき、グインの声は少し落ち着いていた。だがヴァレリウスは、その岩のような拳がかたく握られて、こまかく震えているのを見た。

「子が、生まれもつかぬ人外の姿ではないかと、俺のような豹の頭、けだものの首を持って産まれてくるのではないかとな。ヴァルーサは気丈にふるまって、俺を励ましさえしてくれたが、彼女も恐れなかったわけがない。さいわい子は普通の人間の子として産まれてきたが」

フーッと大きな息をついて、グインは頭を垂れた。

「女にそのような心配をかけてまで、俺は愛される資格があるのだろうか。もとはまじない小路の踊り子として自由に生きていたヴァルーサを、俺は宮廷という魔窟に引きずり込み、異形の子を産むかもしれぬ不安に苦しませ、そして今後もおそらく、政治という旋風の籠《かご》で生きていかせるのだ。それだけではない、俺のそばにいれば、またシルヴィアのように、グラチウス、あるいは竜王の魔手が、今後彼女を襲わぬともかぎらぬ」

「それは」

ヴァレリウスにもとっさに否定はできなかった。

グインに秘められた秘密、この宇宙の構造をすべて書き換えるかもしれぬ強大な力を欲する者は多い。グラチウスと竜王はその筆頭として、今後もまた新たな敵が現れぬとは誰にも言えない。

そして彼、グイン自身の、そこに在るだけで運命を揺るがし、世界を作り変える能力は、否応なしに彼の周囲にいる人間にも影響をおよぼす。善くも悪くも彼は運命の輪の外側にある者であり、変革者であり、活動する混沌の中心でもあるのだ。周囲に与えるものをグイン自身は選ぶことができず、それが与えられた当人にとって幸福であるとは必ずしもかぎらない。

彼の持つ力は大きすぎ、しばしば人間の手にはあまる。本質的にただの娘にすぎなかったシルヴィア皇女はグインという巨大な存在に振り回され、悲惨な運命をたどった。彼女自身の性質もあるとはいえ、グインにさえ会わねば、彼女はごく普通の、安泰な女の人生を送ったかもしれぬ可能性は否定できぬ。

「それにな、ヴァレリウス殿。俺はやはり知りたいのだ。いったい、自分が何者であるかを」

グインの声にまた力がこもった。肩と背中に隆《りゅう》と筋肉が盛り上がり、猛獣が飛びかかる寸前に、体を弓のように引き絞るさまを思わせた。

「何故《なにゆえ》に、誰の手によってこの地に送られ、何故に過去の記憶を奪われ、異形の者としてこの地で生きていくことを定められたか」

風に巻かれて豹頭王の声は流れてゆき、遠い空の果てへと吹かれて去った。

「俺は知りたい。愛、欲望、絆、恩義、友人、国家、そういったものを、いつか俺はそのために捨て去るだろうという予感がする。今すぐというわけではない、だが、もし俺自身の正体を告げてくれるものが現れるならば、俺はそのためにケイロニアを捨てるかもしれぬという気さえする」

「陛下！」

さすがにヴァレリウスは叫んだ。グインは身をよじってヴァレリウスを見つめ、牙を見せて微笑した。その顔はひどく悲しげだった。

「俺は異邦人なのだ。どこにあっても。この地では」

静かにグインは言った。

「ワルド城へひとり馬を馳せる途中、俺はおのれが久方ぶりに本当に呼吸をしたような気がした。夜も昼も、息つくまもなく馬を駆り、剣をつるし、ただ黒い一陣の風として、目的のために疾駆する……ヴァレリウス殿、俺は流れの傭兵だ。過去の記憶ももたぬ不明の存在だ。ケイロニアはそのような俺に意味を与えてくれる、はじめは兵士、のちに黒竜将軍、皇女の夫にしてケイロニア王、民に慕われ、たたえられる英雄。しかし実際の俺とはまったくそのようなものではない。俺にとっての俺は、いまだに何も書かれぬ空白のままだ。他人に与えられた意味は、俺にとって心を鎮める糧にはならぬ。俺はいつも飢えている、俺が何者かという問い、俺自身の記憶に。だから、わかるだろう。ヴァレリウス殿」

ハッとヴァレリウスは息をのんだ。

「このような者が、ケイロニアの帝位になどつけるはずがないことを」

低くそう続け、グインは再び地平線に目を戻した。

「皇帝とは自らよりも国家と民に身を捧げ、その安寧のためにだけ生きられる者でなければならぬ。俺にはそのようなことはできぬ」

淡々と続くその声に、深い苦悩と自責の念がこもるのをヴァレリウスはとらえた。

「今はケイロニアへの恩義が心をとらえ、この身をあの地に置かせている。だが、いつ、どういった運命が俺をゆさぶり、再び俺を流浪の道へ導くかわからぬ。俺はおそらくその流れに抗えぬだろう。そのような不安定な皇帝を、ケイロニアとその民に頂かせてはならぬのだ」

ぐっと顎をひきしめて、グインは言葉を結んだ。

厨《くりや》の大喧嘩はいつのまにか静かになっていた。洗濯女たちが井戸のそばで盥《たらい》を並べ、かしましくさえずりながら盥の洗濯物を裾をまくりあげ裸足で踏みつけている。中庭で少年たちが組みうち大会を始め、お互いに投げたり、投げられたりして元気に声援をとばしていた。猟犬が数匹しっぽを振って駆け回って勝負をよけいややこしくし、投げつけられた犠牲者の顔をべろべろ舐めたり、勝利者に飛びついてじゃれかかったあげく押し倒してしまったりして爆笑をさそっている。

回廊から槍を肩にもたせた衛兵たち数人が見物し、ときどき野次をとばしたり、特に強健そうな少年に貨幣やちょっとした小物を賭けて楽しんでいる。少年たちの主である騎士たちも庭の木陰から勝負を見守り、訓練の一環として、手足の使い方や腰のひねりについて批評を加え、打ち身や擦り傷をおって足をひきひき戻ってくる自分の従士に、人によって優しく、あるいは手荒い教訓を与えている。

すべて平和で、穏やかな、人々の暮らしだった。豹頭のシレノスはそのはるか高みにいて、黒い毛皮に身を包み、黙して風に吹かれていた。黒い胴着と毛皮、地味な大剣に革の軽沓《サンダル》をつけ、王冠も地位を示すなにものも身につけずそこにいる彼は、奇妙に不吉で、いつもよりもさらに人間から遠いものに思えた。ほんものの神話の英雄の影がふと気まぐれに現れ、次の瞬間には消え去ってしまうかのようだった。

ヴァレリウスは大きく身震いした。

「冷えてしまったな」

グインが穏やかな声にもどって言った。

「降りてなにか温かいものでももらうとしよう。俺も夕暮れには起たねばならん。あまりハゾスに心配をかけるのもいかんしな。やれやれ、サイロンに戻ったときの説教が思いやられる」

毛皮のマントをひるがえして大股に階段の降り口に向かう。ヴァレリウスはその広い背中を何か知らぬものを見つめる目で見たが、とつぜんの衝動にかられ、腰を上げて急いでその後を追った。

「陛下」

すでに階段をなかば降りかけているグインに呼びかける。グインは足をとめ、きらめく黄玉の豹の目をヴァレリウスに向けた。

「私のようなものが申し上げるのも妙ですが、ただ、これだけは言わせていただけますでしょうか」

自分の口が何を言うのかほとんど意識せず、ヴァレリウスは唇を動かしていた。

「愛の資格とは、愛される者が決めるものではございません。愛する者だけが、その資格を決めるのですよ」

グインはしばらくその場に立ちつくし、雷に打たれたように、ただじっとヴァレリウスの痩せた顔を見上げていた。

やがて、何も答えぬまま踵をかえし、静かに階段を下りていった。その重い足音が消えるころになって、ようやくヴァレリウスも身を動かし、急な螺旋階段を、足の悪い鼠のように、そっと降りていった。

2

厨房で火酒を湯と酸味の強い果汁で割ったものに加え、ガティの薄焼きに肉と野菜を巻いてもらい、さらに冷やしたカラム水を水差しに一杯もらった。

グインはドース男爵にサイロンに起つことを告げにゆき、ヴァレリウスは食べ物とカラム水を持って、城の閉ざされた地下へと足をむけた。

人影のない一角である身振りをし、低く呪言《じゅげん》を口にする。石造りの廊下に垂れ込めていた影がふっと揺らぎ、見えない紗幕《しゃまく》が開いた。ヴァレリウスは進み、常人にはただ石壁と暗黒しか見いだせないであろう領域に足を踏み入れた。

「お師匠」

中は赤っぽい獣脂の明かりで照らされていた。ゆれる火皿の炎の下で、床にしゃがみこんで一心に何か書いていた少女が顔をあげた。

妖精めいた小さな白い顔は汗ばみ、赤い髪が緑の目の上にかぶさっていた。少女は額に貼りついた髪をうるさそうに腕でかきあげた。

「どうしたの。何かあった」

「いや、別に。食べ物を持ってきた。少し、休憩しなさい」

肉巻きとカラム水の水差しを少女に押しやる。

アッシャはうんと延びをし、起きたばかりの猫のように背中と喉を思いきりそらせてから、手にしていた鉄筆をおいて、蠟引きの書字板を壁に立てかけた。ヴァレリウスは腰を下ろして足を組み、あぐらをかいた少女が胡椒のきいた肉にかぶりつくのを眺めた。

「調子はどうだ」

「まあまあ、かな」

アッシャは肉巻きを口につめこみながらもごもごと言った。椀に注いでやったカラム水を一息に飲み干し、息をつく。

「ルーン文字の書き取りはひととおりやったよ。今は三周目にとりかかってるとこ。最初は形をまねるだけでせいいっぱいだったけど、今度は、ちゃんと力そのものも写せるように気をつけてる。難しいけど」

ヴァレリウスは湯気をあげる火酒をすすりながら蠟の上に残されたたどたどしい筆跡を眺め、吟味し、確かに多少の進歩は認められると言った。

アッシャはぱっと顔を輝かせ、勢い込んでしゃべろうとして、頰をふくらませていた野菜と肉をあわてて飲み込んで少しむせた。

「最初はなんだか難しい線が絡み合ってる模様にしか見えなかったけど、何度も見つめて、考えて書いてるうちに、流れがわかってくるんだね。力の流れだよ、あ、お師匠にはわかってるんだよねもちろん。あたしはこれまで、どうやって力ってのが流れていくのかぜんぜんわかってなかった。わかってなかったってことが凄くよくわかった。だからこれからわかるように気をつけてもっともっと勉強する。これでいいんだよね」

間違ってないよね、と問いかけるようにヴァレリウスを見る緑の目はまだどこかに怯えを隠し持っていた。間違っていない、とヴァレリウスが保証してやると、その色はたちまち安堵のそれに変わった。

「あ、そうだ、そういえば城の外に出るかもとか言ってたんじゃなかったっけ。どうなったの」

一応荷物はまとめてあるけど、と壁ぎわを顎でさす。そこには魔道の訓練に使用する道具と多少の衣類、野営に必要な道具少々などが小ぢんまりとまとめてあった。

ヴァレリウスは首を振り、まだわからん、と言った。

「とりあえず今すぐは城外へ出るわけではないが、荷物はそのままにしておきなさい。男爵と話したが、いろいろあってどう決定が下るかわからなくなった。とにかくお前は、まだもう少しここにいることになる」

ここまで言ってヴァレリウスはもうひとくち火酒をすすり、湯にあたためられた酒精が胃の腑の奥にじわりとぬくもりを広げるのを感じながら、静かに問うた。

「外に出たいか。アッシャ」

「……ううん」

一息のあいだ間をおいて、少女は首をふった。

「ここは静かで落ち着くしね。やることはいっぱいあるし。退屈はしてないよ、むしろ、お師匠のおかげで忙しいくらい。書き取りでしょ、呪文の暗誦でしょ、いろんな手真似の覚え方でしょ、瞑想でしょ、体操でしょ」

ヴァレリウスが言いつけていった課題の数々を指折り数えて、少女は目を伏せて少し笑った。

「だからここにいるのはかまわないよ。うん、歓迎かな。あたしは魔道師になるんだもん、たくさん、いっぱい勉強しなくちゃ。早く勉強して立派な魔道師になって、お師匠の役に立つの、そうでしょ、お師匠」

「ああ」

ヴァレリウスは短く応じて椀を口に運んだ。

どこかほっとした様子でアッシャは食事を片づけにとりかかり、垂れた甘酢と濃い肉汁を器用に口で受け止めながら、栗鼠《りす》のように両頬をふくらませてはみ出た野菜を押し込んだ。墨で汚れた指先にたくさんの肉刺《まめ》が潰れてはまたできているのをヴァレリウスは眺めた。痛々しい赤剝けや水膨れのあとがいくつも指や手のひらに見える。

本当は外へ出たいに違いなかった。アッシャはもう十日以上、この地下室にこもりきりで魔道の修行に没頭している。

結界の働きによって外界とは遮断されていても、空気は入れ換えられ、窒息することはないはずだが、やはり外の新鮮な風や、明るい陽光とは無縁のうす暗い穴蔵である。臭い獣脂のにおいを嗅ぎながら鉄筆を指に食い込ませ、肘と背中が鉄のように突っ張るまで書字板にかがみこむ日々が、十五歳の少女にとって快適なものであるはずがない。

それでも彼女が外界と自分を遮断しておきたがる気持ちもわかった。彼女はいまだに自分の力を恐れている。また力を抑えることに失敗し、前以上にひどい事態を引き起こすことを恐れているのだ。

村の生き残りや、城内の人々の冷たい視線は、辛いが当然のものとして彼女は甘受するだろう。魔道師であることはそういうことだと、心構えもできぬうちに心身に刻みつけられてしまったのだ。いまだその痛みの癒えないいまの彼女に、他人の存在のない孤独な穴蔵は、かえって安心できる避難所なのだろう。

万が一また暴走しても、ここならヴァレリウスの結界があり、石と土の、分厚い壁がまわりを囲んでいる。燃やしてしまう生命もない。喪うのは自分の命と肉体だけですむ。それは傷ついた少女にとって、大きな安心となっているはずだった。

皿の上をつけあわせまで含めてすっかり平らげてしまったアッシャが、満足そうに足を延ばしてカラム水をお代わりするのを見ながら、ヴァレリウスは先ほどのグインとの会話を反芻《はんすう》していた。

よくもまああんなことを言えたものだ。『愛の資格とは、愛される者が決めるものではない。愛する者だけが、その資格を決める』

ばかげた話だ。

俺に愛のなにがわかっているというのだ、と腹の中でヴァレリウスは苦く呟いた。魔道師には愛など存在しない、そうアッシャに告げたのは自分ではないか。

魔道師はただ影と闇の道を歩み、小昏い秘密の大海からひとしずくの真理をすくい上げようとあがく求道者でなければならない。自分はかつてそう望み、そして今も、できればそうありたいと思っていたはずだ。

運命のあやつり糸が思いもかけぬ動きで彼をからめとり、今の地位にくくりつけることがなければ、彼は今ごろ都市からはなれて孤独に庵を結ぶ隠者となっているか、さもなくばギルドの魔道師のひとりとしてパロ崩壊のおりに竜頭の怪物と化していたに違いない。

ヴァレリウスは両手を開いて目の前にかざした。指先はつめたく冷え切り、すりきれた指先はささくれて細かく震えている。

わずかに残った左手の薬指のあとに、いやおうなく視線は引きつけられた。よくよく目をこらさなければ見えないほど薄れてきてはいるが、それはけっして消えることのない烙印として、ヴァレリウスの心と手の両方に捺されているのだった。

（グイン王は感づいている、か）

黄金の豹の目がこちらを灼くように見つめた瞬間を思い出して、ヴァレリウスは身震いした。

自分がリギアたちの前で話さなかった部分を、グインはおそらく気づいている。

そして今はまだ手を打つときではないと考えてヴァレリウスを解放した。しかし、いざ彼が動き出すと決めれば、グインもまた動かずにはおらぬだろうし、その時には、ヴァレリウス自身もまた、とるべき道を決せねばならぬだろう。

あのキタイの魔道師のからみつくような囁きを思い起こして、ヴァレリウスは嫌悪の苦い味を舌に感じた。だがそれは同時に、蜜のように甘い誘惑の味でもあった。ともすれば蜂蜜を前にした蟻のようにそちらへ引き寄せられずにはいない思考を、ヴァレリウスは懸命に打ち切ろうとした。脳裏にあのまばゆい夏の日々が明滅する。若者たちの歓声と歌声が聞こえる。その先頭に立つ、輝かしい神の化身とも見える姿も。

「どうしたの、お師匠」

カラム水を飲んでしまったアッシャが心配そうに寄ってきた。

「疲れてるんじゃないの。顔色、よくないよ。あたしは勉強に戻るけど、ちょっとここで一眠りしていったら」

「いや」

彼女が使っている藁の寝床と茶色い毛布を指し示され、ヴァレリウスは微笑して首を横に振った。毛布の中には彼女が片時も離さない、リギアから貰った短剣が大切にくるまれている。

「まだしなければならんことがあるのでな。勉強はそのまま続けなさい。休息はちゃんと取るのだぞ。集中は休息がなければ力を失う」

「それ、そのままお師匠に返すね」

アッシャはくすんと鼻を鳴らして、壁に立てかけた書字板と鉄筆に戻りかけた。

「休息がなければ集中もない。だよね、それならちゃんと休まなきゃ。お師匠だって……」

突然ヴァレリウスがさっと手を挙げた。

アッシャの言葉は途中でとぎれ、ヒュッと短い息になった。ヴァレリウスは全身に力がほとばしり、熱い流れが血管を走るのを感じた。

「誰だ。そこにいるのは」

空をにらんでヴァレリウスは叫んだ。アッシャはぽかんとしている。

「この結界を窺っているのはわかっている。キタイの手の者か。姿を見せよ。俺は逃げも隠れもせんぞ」

キタイ、の一言にアッシャの顔がこわばる。あとずさりに壁にさがり、身を低くして緑の目をつりあげる姿勢は毛を逆立てた猫のようだった。武器のかわりのように鉄筆をとり、まめのできた手でしっかりと摑む。

『どうぞ警戒をお解きください、ヴァレリウス様』

こもった男の声がどこからか聞こえた。

『私です、ドルニウスでございます。豹頭王の向かわれた先を透視するようハゾス卿より仰せつかり、試みましたところこちらの結界が……中にお入れください、ヴァレリウス様、けして罠などではございません』

「ドルニウス」

ぎょっとしてヴァレリウスは繰り返した。

パロで下した命令のいくつかが即座に蘇ってきた。そうだ、ドルニウス。確かサイロンへ派遣して、その動向を探れと命じておいた魔道師のはずだ。

アッシャが不安げにもじもじしている。ヴァレリウスは彼女を一瞥し、結界の外に漂う何者かの気配を注意深く吟味したのち、一瞬だけ結界に入り口をあけた。

黒い旋風のようなものがどこからともなくすっと滑りこみ、部屋の中心で渦を巻いて、黒衣の男の姿となってうずくまった。

頭をあげた男は確かに見覚えのある顔だった。

「ドルニウス。無事だったのか、お前は」

「はい」

男は深く被った頭巾をはねあげ、ヴァレリウスの前に膝をついた。

「ヴァレリウス様もお元気のようで、安堵いたしました」

ドルニウスもまた多くの国家に奉仕する魔道士と同様、あまり特徴のない顔をしている。群衆の中ですれ違ってもまず目に留まらない、見た次の瞬間には忘れているたぐいの顔だ。ありきたりな黒褐色の髪にあいまいな色の目、とりたてて言うべきところもない目鼻立ち。

大きくて妙に白い耳が髪から横に突き出て、まるで瓶の取っ手のようなのがかろうじて特徴といえばいえる。背中を曲げて黒衣にくるまっているので年も背格好も判断がつきにくい。低くぼそぼそとしゃべるので、声の特徴もそぎ落とされている。

「ヴァレリウス様のご命令通りサイロンにて情報収集につとめておりましたが、パロ壊滅の一報を耳にし、矢もたてもたまらずグイン陛下の御前にまかり出まして、隠密の身を捨て、名乗りをあげました。パロのこと、まことでございますか、ヴァレリウス様」

しばしためらって、ヴァレリウスはうなずいた。

眼前の男が本物のドルニウスであれどうあれ、今さら隠すほどのことでもない。魔道士はほぼ全員殺されてしまったと信じていたヴァレリウスは、いまだ眼前の男の存在が半信半疑だった。

「おお」とドルニウスは呟き、青ざめた。とがった頬骨の先だけが赤らみ、妙な化粧をしたようになった。

「では、魔道師ギルドが壊滅したという話も本当でございますか。パロの魔道師はみな居なくなってしまったと。キタイの竜王の魔道により、パロは竜頭の怪物の蹂躙するちまたと化したとの話は」

「本当だ」

短く応じて、ヴァレリウスは一度あげかけた腰をまたおろした。

警戒しても仕方がない。とにかく今のこの相手は、単に故郷の悲報に動揺している、ひとりの男でしかないようだ。

壁際で身を固くしていたアッシャも、どうやら相手は警戒すべきものではないらしいと気づき、鋭い鉄筆を手から離した。

「いえ、私はここで」

手真似で座るように勧められたが、ドルニウスは首を横に振った。

まだパロの壊滅と魔道師ギルドの全滅が信じられない様子だった。床に膝をついたまま、落ちつかなげに身をゆすって周囲を見回している。

「それでは、私以外の魔道士は」

「おらんよ。おそらくな」

ぶっきらぼうにヴァレリウスは言った。

「ひょっとしたら他国にもまだ俺の放ったお前のような魔道士が生き残っているかもしれんが、少なくとも、パロを脱出してから出会ったギルドの魔道士はお前だけだ、ドルニウス」

ドルニウスはうつむいてまた低いうめきをもらした。

ヴァレリウスはしばらく彼がこの話を咀嚼《そしゃく》して、受け入れるのを待ってやった。個性という個性をそぎ落としたようなこの男にも、やはり祖国や同僚を想う心はあるのだろうから。

やがてドルニウスは床に目を向けたままうめくように、

「それで、それでは、パロの奪回は」

「今のところは手の打ちようがない」

残念な思いでヴァレリウスは認めた。

「お前もケイロニアでだいたいのところは聞いただろうが、あちらにはキタイの竜王が黒幕についている。われわれはイシュトヴァーンとゴーラ軍のみならず、中原に巣くった異界の魔王とその勢力まで相手取らねばならんというわけだ」

ドルニウスは声も出ない様子で両手で顔をこすった。ヴァレリウスは好きにさせておいた。辛い現実は早めに呑み込ませておいたほうがいい。

ドルニウスは魔道師としてはそれなりにましなほうだが、国家に奉仕する魔道士としてはまだまだひよっこだ。おのれの知識の追求にのみ専心すればよい魔道師と違って、闇の兵士として暗躍する任を負う国家魔道士にはまったく違う思考と適性が求められる。よって立つべきギルドの消失を告げられ、同胞の滅亡を知らされた今、ドルニウスが持たねばならないのは魔道師の心ではなく、冷静な判断と計算で何が国家に益するかをはかることのできる、諜者としての狡猾な精神だ。

「とにかくわれわれとしては、できるだけのことをするしかない」

しばらくドルニウスが落ち着くのを待ってやってから、ヴァレリウスは言葉を継いだ。

「ケイロニアが落ち着けば、グイン王も新帝たるオクタヴィア皇女も、友邦を無下にはなさるまい。イシュトヴァーンの暴挙、またその背後の竜王の策謀は、いずれ中原に新たないくさの火種をもたらそう。お前は、ドルニウス、それまでグイン王の身近にあって、俺との連絡係をつとめてもらいたい。俺もそのうちサイロンに向かうが、まだしばらくはここから動けぬようなのでな。サイロンに入っても、俺が四六時中グイン王の側にはべることもできぬ。お前が俺の口となり、グイン王の口となって、それぞれの声を双方に伝えるのだ、よいな」

「承知いたしました」

自分のやることを与えられてようやく気持ちが落ち着いた様子でドルニウスは胸に手を当てて一礼し、ふいに、「ああ」と声を上げてさっと頭を振り上げた。

「あまりに意外な場所でお会いしたので報告を失念しておりました。グイン王には庶子がおられます。シルヴィア妃にはお子があったのです。むろん、父はグイン王ではございませんが、その子は……」

「そのことはもうよい」

いささか乱暴にヴァレリウスは遮った。

「は」とドルニウスは間抜けた顔で口をあけ、音をたててしめると、おずおずと、

「もうお耳に入っておりましたか」

「グイン王から聞いた。オクタヴィア新帝の決定に関して少々もめたという話でな」

せっかく持ち込んだ情報がすでに知られていたとわかって、ドルニウスはいささか不服そうだった。

「しかし、そのお子が今どのように……」

「もうよいと言っている」

荒くヴァレリウスは言い、ドルニウスがびくりと身をすくめたのを見、考えた以上に

きつい声が出たのに気づいて忸怩《じくじ》たる気分になった。

「グイン王に子がある。そして新帝はオクタヴィア皇女に決定した。今のところ、われわれが知っておくべきはそれだけだ。お前はパロの魔道士だが、同時に今はケイロニアにも身を寄せる立場にあることを忘れるな。伝えねばならぬことを見分け、伝えてはならぬことはただ胸のうちにしまっておけ。両方の秘密についてだらだらたれ流す二重の間者など害になるだけだ。お前は聞かれたことだけに答え、伝えよと言われたことだけ伝えよ。それ以外の口は開いてはならん」

「はあ」

ドルニウスはまだむくれた顔でうつむいている。せっかく手に入れた情報をすげなくされてかなり不満のようだが、ここできちんと教えておかねば、今後使い物にはならぬとヴァレリウスは考えていた。

確かに、グイン王の庶子がどこでどうしているかという情報は貴重なものだろう。ケイロニアの援助を必要とするパロの宰相として、いざという時に使える武器としてとっておくのも悪い選択ではない。

しかし、それを優先して、グイン王とのあいだの信義に疵《きず》をつけるのも避けたかった。グインはシルヴィア妃の子についてあまり語りたがらなかった。それは彼の心に深く突き刺さった棘のひとつであるのだろう。

しかし彼は自分がどれほど辛かろうと、必要と感じれば惜しげもなく秘密を明かす男であり、子の存在について他国の宰相たる人間にもらしたことさえ、大きな信頼の証であるとヴァレリウスは感じた。その信頼を裏切るようなことは許されない。

諜報の初歩とは矛盾するかもしれないが、グインのような男を相手にする場合は、双方における清廉さとあつい信義が何よりも重要になる。有象無象の高官や大使や、笑みを浮かべて着飾った間者の群れと腹のさぐりあいをするのとはわけが違う。

ヴァレリウスが口にしなかった事情さえほぼ推察していたグインのことだ、ドルニウスがここに来て、子の存在を自分に告げるかもしれぬと予測もしているだろう。それでいてあえてグインは自ら子のことを口にし、そのことによって、それ以上は踏み込んでくれるなと暗に示した。

ならばヴァレリウスとしてはその意志を尊重せねばならぬ。グインが知らせたくないのなら、今はまだその時ではない。いずれ新たな国体が整い、女帝オクタヴィアの新体制が盤石のものになった暁には、晴れて皇子の披露もあるだろう。それがいつになるかはグインの決めることであって、ヴァレリウスが勝手に知ってよいことではない。

俺は愛に値せぬ、とあの英雄が口にした時の悲傷の響きを思い出す。豹頭王の心にむごい傷を残したシルヴィア妃のわすれがたみを、それでも我が子として認めると決めたその心がいかほどのものであるかを思えば、かの高潔な魂に対して敬意を表し、知るべきことだけに甘んじておくのが、いかに諜者としては甘くとも、この場合は正しい。

「むろん、ここに来て俺と話したこともグイン王には報告しておけ。どのみちご存じではあろうがな。あの方の前では隠し事は無意味だ。少なくとも俺やお前のような凡人ではな」

「はあ」

不満そうに下唇をつきだしてドルニウスは唸り、ひとまとめに凡人呼ばわりされたのが気にさわったのか、瓶の取っ手のような耳の先をうっすら赤くした。彼としてもいっぱし魔道師としての自負はあろうが、それはあくまで魔道師ギルドというせまい世界での話であって、外に出ればほとんどのパロの魔道師など浜辺で水遊びをしている小児のようなものなのだとは、ヴァレリウスは言わずにおいてやった。

「あの娘は誰です」

唇をとがらせて室内を見回していたドルニウスが、急にぎくりとしたように声を上げて指さした。

指の先にはずっと黙って立っていたアッシャが、驚いたように目を瞬《またた》かせている。

「なぜ結界の中にあんな娘がいるのです。なにかの犯罪人ですか？　どこの国の者です？　今の話を聞いていたな、小娘」

今ごろそれに気づいたのか、とヴァレリウスは心中呆れかえった。

ドルニウスはようやく不満のはけ口を見つけた顔で、アッシャにむかって指をつきつけたまま、居丈高に詰め寄った。

「これは貴様のような小娘が聞いていてよい話ではない。国家の安全に関係する大事なのだ。いったいどこから入ってきた、白状しろ。事と次第によっては――」

「その娘は俺の弟子だ。アッシャという」

今にも少女のうすい胸をつつかんばかりにするドルニウスに、ヴァレリウスは声をかけた。

ドルニウスは足を止め、ふりむいた。

信じられぬという言葉が、絵に描いたように顔に貼りついていた。突き出た耳が真っ赤に染まり、ゆでた海老のようになった。

「弟子」

あえぐようにドルニウスは繰り返した。

「弟子ですって？　まさか。ご冗談でしょう、ヴァレリウス様。この小娘は……女ですよ」

「ああ、娘となると女だな。わかっているよ、それくらいは」

「それなら」

皮肉めかしたヴァレリウスの返事にも気づいた様子はなく、ドルニウスはのばした指先でアッシャを突き刺すようにして吠えたてた。

「なぜ弟子などとおっしゃるのです。魔道師ギルドは女子禁制のはずでしょう。汚らわしい。ぶ、侮辱だ。女が魔道師など、あってはならぬことです。上級魔道師であられるあなた様が、なぜそれを」

「魔道師ギルドはもうないのだ、ドルニウス」

鋭くヴァレリウスは言った。

なおも罵倒を続けようとしていたドルニウスは、いきなり背骨を抜かれたようにだらんと口をあけたまま固まった。

「ギルドが存在しない今、その規則ももはや存在しない。いまや女がどうこう言っている場合ではないのがわからんか。この娘は強力な魔道の才能を持っている。きちんと導いてやらねば本人にとっても危険なほどの力だ。そして今、パロには魔道師が必要なのだ。男だろうが女だろうが、キタイの竜王に対抗できる強力な魔道師が、一人でも多く」

「女は魔道師にはなれません」

ドルニウスは粘った。

「その性質からして向いていないのです。女は理性でなく感情で動き、精神の純粋を保てず、秘密を守る能力に欠け、知性においても……」

「お師匠」

アッシャが静かに言った。

「あたし、外に出てたほうがいい？」

「いや。いなさい」

一瞬考えて、ヴァレリウスは首を振った。

「これもまた、お前が知っておかなければならないことの一つだ。女の魔道師が他人からどのように見られがちかということはな。ただし、気にする必要はないと言っておく。お前はお前の道を進み、力を磨き、おのれとおのれの力を制することにのみ集中すればそれでよい」

アッシャはかるく頷いてまた壁ぎわにきちんと立った。ドルニウスはまだ唾をとばして何か叫びたてている。

「静かにせんか」

一喝されて、また固まった。

今にもアッシャにつかみかからんばかりに延ばしていた手はぎゅっと縮こまり、おびえと混乱の入り交じった情けない顔で、ドルニウスは上司を見た。魔道師ギルドの崩壊を知らされたときよりよほどひどい顔で、ヴァレリウスは場違いにも腹の底からこみあげてきた笑いをあやうくこらえた。

「今の取り乱しようだけ見ても、少なくともお前の言う小娘のほうがふるまい方を心得ているな」

いささか皮肉な口調になるのは抑えられなかった。

「無駄な口をきかぬという魔道師の心得はどこへ行った。心を鎮め、沈黙を守り、感情に乱されることなく常に自己を制御するのが、魔道師の誓いの第一だろうが」

「そ、それは、それは、しかし」

反論しようとしてならず、ドルニウスはその場で足を踏み鳴らした。

「しかし、それは、あってはならぬことです。魔道師の、パロの歴史に対する侮辱です。魔道に対する敬意というものが」

「そんなことを言っていられる事態ではないというのがまだわからんか」

怒鳴りつけられて、ドルニウスはまたひっと言って縮こまった。

「アッシャには力がある」

強くヴァレリウスは言い切った。

「俺がそれを磨き、強め、魔道師として使う。これのどこがおかしい。女がどうこうなどというたわごとは忘れろ。貴様はギルドのかびた書物と埃だらけの権威に守られたぬくぬくした世界しか知らん。女についてもそうだ。女が感情に乱されるというなら、見ろ、いまの貴様こそまさに感情に乱されるままではないか」

　ドルニウスははげしく頬を震わせたが、反論は出てこなかった。

「彼女は俺の道具となると誓った」

　アッシャとドルニウスの間に立ち、ヴァレリウスは相手のふらつく胸を押し返すように指をついた。触れはしなかったが、その気合いに押されたかのようにドルニウスはふらふらと数歩さがった。

「魔道師として俺の物言わぬ道具となり、パロのために働くとな。貴様にそこまでの覚悟はあるか。ギルドの歴史がなんだ侮辱がどうしたなどとたわごとをわめく暇があるなら、俺の言うとおりに黙ってサイロンに戻り、グイン王と俺の架け橋に徹しろ。自分に求められた任務を正確に遂行しろ。間違っていたならそれは俺の責任であって、貴様ではない。アッシャも同じだ。道具が間違ったなら、それは使い手の俺の間違いだ」

　ぐいぐいと押されて、反対側の壁際にまでドルニウスは追いつめられた。すっかり混乱しきって、泣き出しそうに顔をゆがめている。

「ここでは貴様の考えなど誰も期待しておらん」

　ヴァレリウスは容赦しなかった。

「もはや存在せぬギルドの歴史がなんだ。侮辱がどうした。そんなことよりも大切なのはパロのために働くことだ。違うか。貴様のちっぽけな自負心など犬に食われてしまうがいい。俺のものならとっくに食わせた。俺やアッシャにできたことだ、貴様にもできんとは言わせんぞ」

ドルニウスはただおろおろと視線を泳がせるばかりで、答える言葉も見つからないようだった。壁際に立つアッシャに混乱した目を向け、これはまだ何かの悪い冗談ではないかと期待するように、哀願めいた目をヴァレリウスに向ける。ヴァレリウスは乱暴にドルニウスの胸ぐらをつかみ、振り回して、部屋の真ん中に放り投げた。

「さあ、わかったら、さっさと行け。グイン王は夕暮れに出立なさるだろう。道中も離れず彼のそばにつけ、起こったことはすべて心に刻みつけて、求められたときに報告しろ、それまではけっして口を開くな。いいな、俺は命令したぞ。肝に銘じておけ、泣きをいれるギルドはもうないのだからな」

投げ出されて尻もちをついたドルニウスは怯えた兎のように左右を見回し、なおもぐずぐずしばらくその場にとどまっていたが、苛立ったヴァレリウスがどんと足を踏みならすとその勢いにあおられたように、空中に飛び上がって消えた。

かと思うと悲鳴をあげて落下してきた。結界に衝突してはじきかえされたようだ。ヴァレリウスがため息をつきつつ結界を開いてやると、ふらふらとまた飛び上がり、ようやく姿を消した。よくもまあ転移そのものに失敗しなかったものだ。

「お師匠」

気がつくと、アッシャの顔がそばにあった。

ヴァレリウスはぎょっとしてまばたいた。いつの間にか床に座り込んでいたようだ。一時の怒りにあおられた気力はあっさり燃え尽きて、身体じゅうがたたかれた綿のように感じられる。

「大丈夫？　ほんとに疲れた顔してるよ」

子供の熱い手が心配そうに額にふれた。ヴァレリウスはため息をつき、「気にするな」と応じて弟子の手をそっとのけた。

「あれで奴にも少しは背骨が入ったと信じたいが。まあ、しばらくはサイロンが落ち着くのを待つしかないようだ。とにかく魔道師がほかにも生き残っていたのはいいことだな」

「うむ？」

「それ、あの人にも言ってあげればよかったね」

「生きててくれてよかった、って」淡々とアッシャは言った。

「生き残っててくれてよかった、嬉しい、って、言ってあげればよかったかも」

ヴァレリウスは返事をしようと口をあけた。

いくらでも答えはあったが、こちらを見つめる少女のまっすぐな瞳には、どれも似つかわしくない気がした。

彼女の目は両親の、友人の、故郷の死を見つめてきた目だった。死に飽きはてながら、これからも多くの死を見ることを覚悟している目だった。それでもなお彼女は、見つめる死の数を増やしたくないと願うのだ。

「ああ」

結局、ヴァレリウスはそう答えた。

「そうだ、そうだったな。次に会ったときにはそう言ってやろう」

「それがいいね」

アッシャは腰をさすってのびをし、あ、それとね、となにげなさそうに付け加えた。

「ありがと。お師匠」

「なに」

ヴァレリウスはうろたえた。

「なにがありがとうだ？　俺は感謝されるようなことはしておらんぞ」

「うん、それでもね。ありがと、お師匠」

少女らしくくすりと笑い、アッシャはさっと明かりのもとに舞い戻って、書字板と鉄筆をとりあげた。

「あたし、いい魔道師になるね」

たどたどしい文字の並ぶ書字板にむかって、アッシャは呟いた。

「お師匠が自慢に思えるような、立派な魔道師になるからね。あたしのことでお師匠が恥ずかしい思いしたり、人に何か言われるようなことにはぜったいしない。約束するよ、お師匠。あたし——」

　赤い巻き毛を振って、アッシャは一瞬だけ輝くような笑顔を見せた。

「あたし、頑張るから」

「あ、ああ」

　よくはわからぬままヴァレリウスは口をもぐもぐさせ、不明瞭に応じた。なにやらからかわれているような気分のまま、足もとの皿と水差しをとりあげる。アッシャはすでに書字板にかがみ込み、眉根をよせて唇を動かしながら、注意深く鉄筆を蠟の上にすべらせていた。

3

日差しが傾きかけるころ、ワルド城の胸壁は隙間という隙間が人で埋まっていた。

城主であるドース男爵と賓客《ひんきゃく》身分のヴァレリウス、アル・ディーン王子は城門まで見送りに出ていたが、それ以上の大げさなことはグインが固辞した。男爵は夜間の街道の危険さを言い立て、せめてもう一晩泊まって翌朝出立するように勧めたが、グインは一笑して頭を振った。男爵もそれ以上押すことはしなかった。確かにこの超戦士にとって、昼であろうと夜であろうと、整備された街道に馬をとばすくらい、のどかな裏庭で一日うたた寝する程度の危険でしかないだろう。

馬が引き出され、英雄は巨体に見合わぬ身軽さでひらりとその背にまたがった。背中にはせめてこれだけは受け取ってほしいと男爵が懇願した黒熊の分厚い毛皮が垂れていた。熊の頭には新たに銀の牙と、水晶と彩色した象牙を貼り合わせた目が入り、毛深い額にはケイロニアの獅子を刻んだ紅玉がはめこまれている。城内の細工師が特急で仕上げた仕事だったが、仕上がりは見事なものだった。陽をあびて英雄の肩にきらめく細工を当人は満足して眺め、かたわらの仲間に、限られた時間であれほど丁寧な細工をした苦労についてしつこく言って聞かせてみんなを辟易《へきえき》させた。

城内の住人でも上級の騎士たちは、胸壁の上にずらりと磨き上げた鎧をまとって輝いていた。ブロンの姿も見えた。彼は直接豹頭王と言葉をかわしたということで、同輩の中でも特別な位置を占めていた。胸壁の中でももっとも見晴らしのいい台上にまっすぐ立ち、刺繍入りの鎧覆いをまとって、兜を足もとに置いていた。豹頭王を見つめる彼の目には、いまだに、あの神話的な人物と自分が直接話したことが信じられぬような、率直な驚嘆と尊敬の念があふれていた。

下働きのものたちには、そんな特等席は与えられなかった。なんとか場所を確保した幸運なひと握りを別にすれば、おおかたの人間は狭い隙間や、まだ騎士たちで埋まっていない見晴らし台を探して右往左往し、おしあいへしあいしてお互い押しのけあい、足を踏みあっては声を立てずに罵倒しあった。身の軽い少年たちは大人の手のとどかない木の上や屋根のてっぺんにまでよじ登り、目を皿のようにして伝説の存在を眺めていた。なき大帝の哀悼のために半旗にされていた旗竿によじ登った一団もいたが、これはさすがに叱責され、あとでむち打ちを受けた。

「世話になった」

馬上から穏やかにグインは言った。早くも走り出したくてたまらず、しきりに鼻嵐を

ふいて足踏みする愛馬をなだめながら、

「贈り物にも礼を言う。すばらしい品だ。大切に使わせてもらう」

「辺境の我らに、王に対してふさわしい贈り物のできぬことをお詫びいたします」

ドース男爵は深々と頭を垂れた。

「名高き豹頭王のご来駕《らいが》を受けた栄光は、いつまでもこの地において忘れられぬ記憶となるでしょう」

「さて、俺がそれほど大層なものかな」

吠えるようにグインは笑った。

「タヴィアによろしくね、グイン」

アル・ディーン——マリウスはいささか心配そうに顔を曇らせていた。

「彼女ならきっと大丈夫だとは思うけど。でもきっと、すごく大変な仕事になるだろうから。ケイロニア皇帝かあ。ああ、久しぶりに、マリニアにも会いたいな。ずいぶん大きくなっただろうね」

「サイロンに来たときに、自分の目で確かめるといい、小鳥の王子」

マリウスの子供っぽい憂い顔を吹き飛ばすように明るく言って、グインはヴァレリウスに目を向けた。

「ヴァレリウス殿、パロについてはオクタヴィア殿下——陛下——にも申し上げておいた。サイロンが落ち着いたらすぐに何らかの手をうつことは彼女も賛成してくれている。リギアが旅に耐えられるようになったら、みな黒曜宮に来てくれ。ハゾスにいい話し相手ができる」

黄玉《トパアズ》の豹の目に、一瞬おもしろがるような色が浮かんだ。

「ひょっとしたら、今いっしょに来てもらえば、少なくとも奴のお説教の相手は半分おぬしが担ってくれるかもしれんな」

「ハゾス殿は立派なお方です」

ヴァレリウスは肩をすくめた。

「実際のところ一介の魔道師にすぎぬ私がかなうような方ではございません。苦言を呈されるとあれば、失礼ながら、それなりの理由が陛下にあってのことでございましょう。重ねての失礼ではございますが、もし私がハゾス殿の立場であったなら、きっちりと練り上げたお説教の文案を袋いっぱい用意して、お帰りをお待ちいたしますよ」

「やれやれ、こわいな。宰相というものは」

グインは大げさに身震いするふりをしてにやりと笑った。

「妖怪や魔物の相手のほうが俺にはまだましだ。皆の者！」

びんと声が響いた。深くとどろく豹頭王の声は、そのまま偉大な獣の咆吼のようにワルド山脈の峰々にこだましていった。騎士たちはいっせいに背を伸ばし、もみ合っていた人々もその場で固まった。

「皆を動揺させたことを、ケイロニア王として謝罪する」

朗々とグインは続けた。

「俺が帝位につかぬことを心配したものもいると聞いた。だが、何も気を病むことなどないと保証しよう。ケイロニアの豹頭王が告げる、オクタヴィア新帝はアキレウス大帝の業績を引き継ぐ、素晴らしい治世を築くであろうことを。俺の剣はケイロニアにあり、民と中原の平和を乱すものにとっては最大の脅威となることを、この場にいる全員が知っているはずだ」

風さえ息をひそめているようだった。木の葉の間から果実のように鈴なりになって顔をのぞかせている少年たちも、いつものにぎやかさをすっかり消して、指先一つ動かさずグイン王に注目していた。

グインは腰の大剣に手をかけ、さっと引き抜いた。高々とかかげた剣先に躍った光は太陽よりもまばゆかった。あがく黒馬にまたがり、銀の牙の熊の毛皮を垂らし、分厚い両肩と子供の胴ほどもある腕で巨大な剣をまっすぐかかげる豹頭のシレノスは、まさにその場に神話の一場面が現れ出たとしか思えなかった。

「この剣が誓いのあかしだ」

とどろく雷霆《らいてい》のようにシレノスの声は場を支配した。

「この剣にかけて俺は誓う、人々に仇なす者、民の平穏な暮らしを脅かすもの、中原に戦の種をまかんとするものは、すべてわが敵となるということを。恩ある大帝の子ら、ケイロニアの民はまた俺の子も同然、子らのためにはたらかぬ親などいようか。俺はお前たちを守護し、豊かな実りを、安穏な眠りを約束するためにここにいる。人々よ」

胸壁につめかけた住民たちに、グインは慈愛の眼差しを向けた。

「それが俺の、ケイロニア王という地位の意味なのだ」

城壁の上でブロンが佩剣《はいけん》を抜き、胸の前にかかげて王に答礼した。

一息遅れて、騎士たちはみな従った。剣の林が白銀の雨のように城壁の上にきらめいて揺れた。

「マルーク・ケイロン！」

誰かが耐えかねたように叫んだ。その一言で堰《せき》が切れたように、どっと歓声があがった。

「マルーク・ケイロン！　マルーク・ケイロン！」

「マルーク・グイン！」

「マルーク・グイン！」

「グイン！　グイン！」

波濤のとどろきのような歓声は何度も何度もうちよせ、あたりの木々を揺るがし、峰をこえて鳴り響いた。降り注ぐ歓声のただ中で、豹頭王グインは武勇と正義の象徴のように微動だにせず立ち、人々の浴びせる信頼と期待を一身に受けていた。

沈着なドース男爵ですら目に涙をうっすらとにじませ、マリウスはいかにも英雄譚にふさわしい光景に大いに刺激されて、しきりに何か詩句らしきものを呟いていた。だがその隣で、ヴァレリウスはむっつりと口を閉じ、輝けるシレノスとして光輝のなかにあるグインをただ眺めていた。

だれも知らぬのだ、と彼は思った。

あの英雄の顔の下、民のために彼がつとめている神話の英雄の像の下に、運命の重みに苦しみ、愛に苦悩するひとりの男がいることを、だれも知らない。

それは知らせてはならぬことだとグインは言うであろうし、ヴァレリウスもまた知らせるべきではないと思う。ケイロニアの豹頭王は押し寄せる暗黒の波からの防波堤であり、人々の絶対の守護神でなければならぬ。キタイの竜王の影のいよいよ濃いいま、グインの存在は民心の安定にとってますます重要になるだろう。

民の動揺を感じ取り、あえて物語の英雄を演じることで、彼らの心を鎮めるのが自分の役割だとグインは悟っている。そのためには人間らしい弱さや、苦しむ心などあってはならない。無敵の剣をかざして進む光の戦神、そうあらねば、苦境にあるケイロニアにおいて自分が王たる資格はないと感じているのだろう。

（だが、それでは、あなた自身はどこにあるのです、グイン）

声に出さずにヴァレリウスは問いかけた。

自分は愛に値せぬ、と苦しげに告げたグインの声がふたたび耳もとで響いた。愛した女性に背かれ、動乱をはらむ帝国を支える重圧を担わされて、自分自身のうつろな記憶に悩むひまさえ与えられない。おのれが何者かも知らぬまま、人々の望む英雄を演じつづけるのはどれだけの苦痛なのだろう。

自分が人々の期待するようなものではないかもしれない、という恐怖はヴァレリウス自身が知っている。常に感じていることだ。パロの宰相などという大任が自分に務まるかどうか、まさにパロ滅亡の危機に面している今、自分のようなものに本当にそれを担う能力があるのかどうかは、日ごとヴァレリウスを悩ませる心の棘だ。

だが少なくとも、ヴァレリウスは実際の自分が何者かを知っている。魔道師であり、人間であり、ちっぽけな一人の男であることを知っている。その限界もわかっているし、自分が超人ではないこと、人々の期待を担えるような人間ではないことをふまえた上で、それらしくふるまう術も心得ている。

だがグインは、まさに超人なのだ。その運命の星は彼自身の意志を超越して強力であり、グラチウスはじめ悪辣《あくらつ》な黒魔道の徒、また異界の魔王たる竜王でさえ手に入れようと、間断なく策を巡らせるほどの秘密をその身に秘めている。ただそこに在るだけで運命をねじ曲げ、世界すら塗り替える力を持たされつつ、しかもなお自らが何者であるかを知らぬ不安は、考えるだけでも身の毛がよだった。

哀れなシルヴィア皇女を破滅させたのは自分の責任だとグインは感じている。おそらく、その通りなのだろう。望むにつけ望まぬにつけ、運命を揺り動かし、書き換えてゆくのがグインという存在なのだ。

それこそが英雄であると言うものもいるだろう。それはおそらく正しい。が、英雄に心が、苦痛や悲傷の弱さが許されないものなら、自分は英雄になどけっしてなりたくない。人々の賞賛と歓声の中で、きらめく剣をかかげるグインに、ヴァレリウスは悲しみのこもった視線を注いだ。

「王様！」

いつまでもやまない歓声にグインがうなずきかけ、剣をおさめようと手を下ろしかけたとき、甲高い声をあげてひとりの娘が転がるように群衆を押し分けて走り出てきた。

物思いから叩き出されたヴァレリウスは息をのんだ。

グインの巨大な黒馬の前に、一人の娘がひざまづいている。見覚えのある顔だった。あの村の生き残り――アッシャを恨んで化け物と呼び、殺そうとした、あの村の娘だ。

「王様、どうかあたしの願いをお聞き届けください」

娘は埃のなかにうずくまり、地面に頭をすりつけた。

「この城にいる化け物を退治してください。あたしの村はそいつに焼かれて、父さんも母さんも、村の人たちもおおぜい灰になってしまいました。あたしたちの村は無くなっちゃったんです。どうかお願いです、その剣で、あたしの村と村人を焼いた化け物の首をはねてください、お願いします。お願いです」

「イリーン！」

ざわめく人垣をかきわけて、頬髯をたくわえた老人があわてて前に出てきた。うずくまる娘をかかえて立たせようとしながら、その一方でグイン王の威光の前に頭も上げられず、半分くずおれかけている。

「なんてことを言うんだ、イリーン、豹頭王様に失礼だぞ。お許しください、陛下」

老人は娘の背に手を回しながらおろおろと口ごもった。

「この娘はいささか錯乱しておりますのです――その――村が夜盗に襲われまして、そのあと、ええ、いろいろございましたもので――」

「村の話はドース男爵から聞いている」

落ち着いた口調でグインは応じ、きちんと剣を鞘に納めた。

「また、そのことについては男爵とヴァレリウス殿の間で対策が話し合われたとの報告も受けている。そうだな、ヴァレリウス殿」

視線を向けられて、ヴァレリウスは黙って一礼した。

「その件については、すでにヴァレリウス殿との折衝はすんでおります」

脇からドース男爵が言った。

「いずれ村の者たちにはふさわしい補償金と新しい土地を与え、そちらに移住させる手はずを整えております。また、ヴァレリウス殿からも、問題を起こした者に関しては、今後、責任を持って厳しく管理するとの確約をいただいております」

「いやです！」

老人の手を振りはらって娘はふらふらと進み出た。おどろに乱れた髪の間から、ものに憑かれたような目がぎらぎらと光っていた。

「新しい土地なんかいりません。あたしが欲しいのはあの化け物の首です。あいつの血と命です。村の代わりになるのはそれしかありません。王様、あたしたちを守るとおっしゃるのなら、なぜ化け物を殺してくださらないんです。あたしたちを傷つけたのはあいつなのに」

「俺はケイロニア王ではあるが、すべてに対して権益を持つわけではないぞ、娘」

子供をなだめるようにグインは言って聞かせた。

「この地の主はドース男爵だ。領主である男爵がすでに裁断を下したのであれば、俺がそれに口出しをする筋合いはない」

「なぜですか」

必死に押さえようとする老人にあらがいながら娘は唾を飛ばした。

「ここはケイロニアの国の一部です。王様なら男爵様にだってご命令できるはずです。そうでなきゃおかしい、それとも、あいつがパロ人だから、殺すわけにはいかないってことですか」

「お前は今、悲しみのために目が見えなくなっているのだ」

グインは頭をふった。

「血の代償を払わせたところで、お前の村も父母も戻ってくるわけではない。それよりも、豊かな土地で新たな暮らしを始めるほうがずっとよいのではないか。悲しみはいつか癒える、だが、流された血はけっして元には戻らぬのだぞ」

「その通りです。あたしの村は二度と戻らない。父さんも。母さんも」

手を払ってよろよろと前に出た娘は、グインの馬の鞅《むながい》にしがみつこうとして、あやうく老人に抱き留められた。

「血です、王様。グイン様。あたしの求めるものはそれしかありません。それでなければあたしは悲しみを忘れることなんてできない」

言葉もまたすでに血の色だった。グインは馬上でただ黙していた。娘は身をもんで首を突き出した。

「なぜです！　なぜその剣をあたしたちのために振るってくださらないんです、ああ、なぜなんです？　あたしがただの村娘だからですか？　あのちびの畜生がパロの宰相のやせっぽちな妾だからですか」

わななく指先を剣のように突きつけられて、ヴァレリウスは思わず一歩下がった。

老人と、さらに走り出てきた村人たちに数人がかりで組みつかれ引きずり戻されながら、娘は髪の毛を振り乱してわめき散らした。

「だったらもうあなたには頼まない、頼むもんか、畜生、どうしたってあたしがあいつを殺してやる、見ているといい、どんなに隠したってきっと見つけだす、きっと仕返しはしてやるからね、化け物め、怪物め、ドールの悪魔め！　呪ってやる、死んだって許しゃしない、亡霊になってとり憑いたってきっと殺して、同じ地獄に引きずり込んでやる、あたしが――」

びくっと背筋を震わせて、娘はだらりと村の男の腕に垂れ下がった。

薄い横腹に拳をいれた村男が、青ざめた顔に汗の粒を浮かせて手を引いた。周囲の者も一様に青ざめ、唇を震わせていた。

「グイン様、陛下、お見苦しいものをお見せいたしまして、平に、平に」

気を失った娘を脇に寝かせ、老人と村男たちは平蜘蛛のようにその場に這いつくばって額をすりつけた。

「どうぞお許しください、この娘は衝撃のためにいささか正気を失っております。自分がなにを言っているのかもわからぬのです、どうぞ平に、平にご容赦を、平に」

「心配することはない、ご老人。俺にはよくわかっている」

グインの目は地面にぐったりとくずおれた娘のやつれた顔に痛ましげにそそがれていた。あるいはその狂気は、かつて彼自身に向けられたシルヴィアの狂乱を思い起こさせたのであったかもしれない。

「可哀想な娘だ。よくしてやってくれ、ドース男爵。村の人々にも十分な補償をな。戻り次第サイロンからも、いくらかの見舞金を送らせよう」

ドース男爵は深々と礼をした。村人たちもいっせいに、いよいよ深く身をかがめて地面に突っ伏した。

「では、俺はゆく。いずれ黒曜宮でな、ヴァレリウス殿。またお目にかかろう、ドース男爵。ワルドの人々よ、息災で」

グインは馬首をめぐらせ、ハッとひと声かけて拍車を入れた。

たちまち黒馬は風をまいて走り出した。重い馬蹄の響きが地をゆるがせ、すぐにそこには、多少の土埃といくつかの蹄のあとしか残らなくなった。猛烈な勢いで街道を遠ざかる黒影はたちまち霞に薄れ、やがて、山間の木々にかくれて見えなくなった。

「娘を連れていって、休ませてやるがよい」

突然空いた真空のような静けさに、ドース男爵の声が大きく響いた。

「ほかの皆も仕事に戻るのだ。われわれも近くまたサイロンに上り、オクタヴィア新帝陛下に謁見せねばならん。あまり日はないぞ。グイン陛下のご慈愛に、甘えてばかりはおられぬ」

彼女は隣人たちの手で屋内に運ばれ、奥まった部屋の、干し草をつんだ柔らかい寝床にそっと下ろされた。

「豹頭王様にあんな口をきくなんて……」

「しっ。気の毒な娘《こ》なんだ、ほっといてやりな」

頭の上で低い声がかわされ、摺《す》り足で出て行く気配がした。扉がそっと閉じられ、彼女はかさかさ鳴る寝床の上でひとり身をよじった。

はけ口をなくした嘆きと見境のない怒りが、真っ黒な悪夢となって眼前に渦巻いていた。彼女の父母は炎で焼かれたのではなく、彼女の目の前で夜盗のさびた剣に胸を貫かれたのだったが、憎悪に煽られた記憶の中で、すべての怪物はあの緑の瞳と赤毛をもつ小さな悪魔の顔になっていた。

そいつは長い牙をむきだし、高笑いをあげながら炎を噴く灼けた剣で父母を、働き者の隣のエルニィを、雌牛と可愛い子羊を飼っていたヴァスタンを、優しいクレリオやいつも井戸のそばでおしゃべりをしたシアやチェサノンやアリアラを、みんな火炎の渦の中にたたき込んでいった。

夢の中で彼女は何度も悲鳴をあげたが、何のかいもなく、すべては火にのまれていった。悪魔の笑い声が轟々とうなる炎の上にとどろいた。彼女は泣き、呪い、火の中で踊る怪物の喉首めがけてくらいつこうとしたが、押し寄せる火が彼女を阻んだ。

幻の火は現実と同じく、いや現実よりもさらに熱かった。憎悪という薪によってあおられた火は、真実以上に超自然的で、邪悪で、とほうもなくけがらわしい魔物の吐息だった。彼女は夢うつつのまま歯を嚙み鳴らし、罵倒を吐き、鉤型にねじれた指を空中に突きだして、そこにはいない者の首を絞めようとした。

「殺してやる」

不明瞭に彼女はうめいた。出て行く前に人々が含ませていった酸っぱい葡萄酒のきつい味わいが舌を刺した。埃と干し草のにおいが、そのまま炭になっていく死体の悪臭として鼻を刺激した。

「殺してやる。あいつ。化け物。怪物。もう誰にも頼まない。あたしが殺してやる。この手で。畜生、あのちびの化け物。畜生。畜生――」

(イ、イ、リーン)

「だれ?」

幻想の炎に焼かれながら彼女は呟いた。吸い込んだ空気は涼しい山の空気のはずだったが、彼女の喉にとってそれはあの炎の中に崩れ落ちていった故郷の空気だった。煮えたぎる油のような熱気が肺腑を灼き、彼女は舌を出して犬のようにあえいだ。

「だれ？　あたしを呼ぶのは」

(イリーン)

また聞こえた。少なくとも、彼女はそう感じた。干し草のこすれる音の中から、壁にあいた隙間から差し入るほのかな月光の筋から、部屋の隅にわだかまるうす暗がりの中から、執拗にその声は呼びかけてきた。

(イリーン、イリーン……イリーン、イリーン、イリーン)

彼女は床をかきむしり、割れた爪からまた血を流した。土の床にはがれた爪がこすれて痛みをもたらしたが、彼女にとってそれはあの悪魔の炎がもたらす火傷の痛みだった。

「だれ、ああ誰なの、あたしを呼ぶのは」

(殺したいかね)

相手は問うた。

もの柔らかな中に、どこか嘲《あざけ》りの響きを含んだ声だった。干し草のこすれる音よりなおか細いにもかかわらず、妙に神経の苛立つものでもあった。

鶩鳥の羽毛のようにやわらかく、子猫の吐息よりもまだ小さな声でしかなかったにもかかわらず、その声は異様に彼女の中に大きく響いた。まるで彼女の頭蓋の中で直接ささやいているかのようだった。

「殺したい」

だが彼女の悪夢に塗りつぶされた心には、声はまるで音楽のように甘かった。彼女は唸り、猛獣のように歯をむき、いまにも相手の喉笛を嚙み裂こうとするかのように牙を鳴らした。

瞼の裏は真っ赤に染まり、見渡すかぎり血と炎とで大地は覆われていた。親しい人たちが血にまみれ、火に灼かれているただ中に彼女は立っていた。彼女はまた声のない悲鳴をあげた。彼女は蹴り、もがき、宙を掻いて唸った。もつれた髪が蛇のように床を這った。

「殺したい。あいつを殺したい。引き裂いて燃やして、跡形もなくこの世から消してやりたい。あたしの村を焼いたみたいに。あたしの父さんと母さんを燃やしたみたいに」

(そうか)

柔らかさに隠れた、あざけるような響きはより強くなった。綿の下にくるまれた剃刀《かみそり》のようにそれは冷たく、冷酷だった。

(では、そうさせてやろう)

突然、本能的な恐怖が彼女の心臓を氷の手でつかんだ。

ひとりでに目が開いた。

すぐ前に、真っ黒な眼があった。

まるで魂を吸い込む闇の淵のように黒かった。それは彼女の目をまともにのぞき込み、その魂の奥まで凍るような視線で貫き通し、まち針で刺された甲虫のように、彼女をその場に凍りつかせた。

「さあ、復讐はお前のものだ」

その薄い唇が弓形につりあがるのを見た瞬間、彼女は、今度こそ本物の純粋な恐怖に襲われて、笛のような悲鳴をほとばしらせた。

第四話　〈三姉妹〉

1

ズン、という地響きが腹をゆすり、スカールは輝く琥珀《こはく》に吸われていた視線を素早くあげた。

「きたよ、あいつらだ」

女姿のザザが眉を逆立てて吐き捨て、ついでに鴉《からす》の声でなにやら複雑な罵り言葉を続けた。

「扉を破るつもりだよ。丸太か何かで突き破ろうとしてる。ぐずぐずしてられないよ、草原の鷹。早くここを出なきゃ」

「わかっている」

スカールはまだ眼の奥に残る鮮明な光景を振り払って背筋をのばした。

魔都フェラーラの住人たちはすべて異界へと去った。まばゆい異世界への扉となった神殿の壁面はすでに閉じられ、元通り崩れかけた石材に、はがれた彩色壁画の痕跡ののこるただの廃墟となっている。

今となってはあの半妖の人々の記憶も、わずかな血痕や衣類の切れ端、はがれた鱗、抜けた羽根、さまざまな爪や蹄や尻尾をひきずった跡などが残るばかりだ。じきにそれも年月の埃にまみれて、この世からは消え失せてしまうだろう。幸福そうに手を取り合って新たな世界へ旅立っていった恋人たちの姿は、眼の裏にまたたく星のようだった。

半壊した鰐神の石像が、瞳のない眼でうつろに見下ろしていた。明かりは暗く、わずかに一つ二つが壁に燃え残っているばかりだ。

「どうすんのさ、鷹。その琥珀、あたしたちのためになんかしてくれるつもりはないのかい」

「無理を言うな。あんな力に二度も使われては俺がもたん。それにこれも、どうやら少し休まねばならんようだ」

スカールの手の中で、小さな太陽のように燃えていた大きな琥珀は、しだいにその光を小さくしていた。まったく消えてしまうわけではなかったが、少しずつ輝きが内側に吸い込まれるように小さくなってゆき、やがて中心部にちらちらとかすかな光がほのめくだけの状態におちついた。手の中のぬくみはまだそのままだったが、この石──と呼んでいいものならだが──も、少し休まねばならぬらしい。

スカールは残された着物のうちでできるだけ汚れていないものを探し、歯で引き裂いて、石を包んでしっかりとふところに納めた。胸のそばで、眠れる琥珀は第二の心臓のように暖かく脈打った。

また扉がドスンと鳴り、内側に大きくしなった。残っていた明かりの一つが大きくゆらぎ、力つきたように消えた。身体の血をなめていたウーラが身を低くして唸り声をあげ、スーティの前にするりと回った。

「ああもう、どうすんのさ、鷹。あいつらうじゃうじゃいるよ、また援軍を連れてきたんだ。いくらあたしでも、あいつら全員をいっぺんに相手なんて無理だ。たぶん幻術もきかない。あいつら魔道師も連れてきた」

扉の外を透視しているらしいザザがじれったそうに足踏みする。

扉が苦痛に似たきしみをあげ、さびた蝶番のひとつが砕けて落ちた。かしいだ扉の隙間から、蟻の大群に似た冑がきっしりと覗き、何か呪文めいたものを唱える複数の耳障りな声が伝わってきた。

「鰐神の力がまだ残ってるここじゃ転移の術はきかないみたいだけど、それでも扉を破られたらおしまいだよ。結界がほどけて、鰐神の力もしばらくすれば霧散する。フェラーラの民がいなくなったここに、もう支えるべき力の元は残ってないんだ。なんとかして、あいつらを避けてここを出る道をさがさないと」

「そんなことはわかっている。少し、静かにしてくれ」

叱りつけたが、スカールは焦げつくような焦燥感にかられていた。自分一人ならかまうまい、たとえ斬り死にしようとも、キタイ兵ごときに背を向けることは草原の男の誇りが許さぬ。

しかしここにはスーティがいる。守るべきいとけない幼児が。

ザザやウーラもまた、勝手におのれの蛮勇にまきこむわけにはいかぬ。戦士としての本能はたとえ無駄であっても雄叫びをあげて敵軍に立ち向かい、命尽きるまでできるだけ多くの兵を道連れにすることを求めていても、今の自分には守るべきものがあり、友があり、おそらくは、運命の織物の上で果たさねばならぬ役目がある。

何よりここでモスの草原へ旅立ったところで、いとしいリー・ファは笑ってはくれまい。幽冥の国へ立ちあらわれてまで、夫の身を守ろうとしてくれた彼女の真心を、裏切ることはできない。

「おいちゃん」

ウーラにかばわれ、スカールのマントの内側でじっとしていたスーティが、袖をひっぱった。

「おいちゃん、あれ」

小さい手が指さすままに、スカールは上を見上げた。

天井近く、ゆるく弧を描く拱門《アーチ》のすぐ下に、はがれ落ちた壁石が暗く口をあけている場所があった。

すぐ隣には鰐神の頭部を象《かたど》った雨樋《あまどい》、もしくは通風口らしきものがあり、口は土埃と石くれでほぼふさがれていたが、石をとりのけて壁を削れば、なんとか人ひとり、少なくとも、スーティ程度の小児ひとりくらいなら押し込める隙間がありそうだった。

選択の余地はなかった。スカールは壁際に馳せ寄り、せいいっぱい背伸びして腕を伸ばした。

天井は高く、もっとも低い部分でもスカールの指先がやっとかかるほどしかない。スカールはきしむ背中をのばし、筋肉がちぎれるような痛みをこらえて呻いた。爪が石と土をひっかき、わずかな出口に触れた。ばらばらと石が降ってきて顔にあたった。口に入った土を吐き出し、スカールはさらに手をのばした。

「手伝ってくれ、ザザ。鳥の姿ならお前もあそこに届くだろう」

そう言ったとたん、ぐいと下から持ち上げられてスカールはぎょっとした。

下を見ると、ウーラが腰の下にもぐりこんで踏み台になり、鼻先でスカールの身体を持ち上げていた。

「おう、すまんな、狼王」

ザザがカーと鳴いてくるりと宙返りし、大鴉の姿に戻った。

天井を一周すると、ねらいを定めて羽ばたいて突進した。何度も繰り返し、鋭い嘴《くちばし》と爪で、詰まった穴に体当たりを繰り返す。

スカールはスーティをしっかり抱えたまま、ウーラの肩に足をのせて立った。片手で必死に石をほじくり、土を削った。

ウーラが壁に前足をついて、支えてくれるおかげでかなり楽になった。ゆるんだ壁石が崩れ落ち、近くの石も連鎖して崩れてきて、床にくだけて新たな石くれとなった。埃を吸い込んだらしく、スーティが咳とくしゃみを連発する。

「スーティ、おいちゃんにしっかりつかまれ。袖で口をふさいで、ゆっくり息をするのだ、いいか」

スーティは頷いて、小さな手と腕で鼻と口をふさぎ、もう一方の手を強くスカールの腰に回した。

今にもキタイ兵の大群がなだれ込んでこようというのに、無邪気な顔には恐怖の影もなく、ただ一心にスカールを信じて身を預ける信頼の色だけがある。スカールは胸が熱くなるのを感じた。この信頼に応えるためだけにでも、必ず小児の身は守ってみせよう。

スーティがしっかりつかまっていることを信じて、スカールは両手を使ってがむしゃらに掘った。年月に乾いた漆喰はもろく、爪で掻いただけでもぼろぼろ崩れたが、その下の固い土の層が難物だった。

ザザが鴉語で口汚くわめきながら何度も突撃を繰り返す。スカールは爪と、血で曇って欠けた短剣を道具に掘りに掘った。

彫刻の口にあわせるためか、空洞の奥は意外に広い。彫刻をのけ、入り口を削って広げれば、ぎりぎりスカールでも潜り込めそうだ。

希望がわいてきた。大きな石をひとつ放り出して床に落としたとき、かすかに頬に空気の流れを感じて、スカールの胸に大きな歓喜と安堵がわきあがった。この穴は、まちがいなく外に続いている！

すぐそばで魁偉な鰐の頭がぐらりと傾き、土煙をあげて床へ崩れ落ちた。

あとには暗い空間が口をあけた。かび臭さと湿った土のにおいが流れ出してきた。スカールの感覚はその中に前よりはっきりと、外の新鮮な空気のにおいをかぎとった。

扉がみたび大きくきしみ、断末魔の呻きをあげた。

「スーティ、おいちゃんの肩に上れ」

スカールは叫んで、スーティを抱え上げるようにして自分の肩の上へ押し上げた。

「この穴に入って急いで奥へ進め、止まるんじゃないぞ。この穴は必ず地上に続いている、いいか、絶対に止まっちゃいかん。外に出るまで止まらずに、全速力で前に進むんだ、いいか」

ためらったり、ぐずって時間を無駄にするようなことはスーティはしなかった。しっかりと頷き、スカールの肩の上からのびあがって穴の入り口にとりつくと、小さい身体を器用にうねらせて奥へと潜り込んだ。

傾いた扉を支えていた最後の蝶番がはねとんだ。

分厚い扉板がふたつにへし折れ、床に沈んだ。埃が舞い立ち、壁に残った最後の明かりが消えた。

代わりにどっとなだれ込んできたのは松明の群れと、それを手に手にかかげる兵士たちの群れだった。先のとがった兜が死体にむらがる蟻のようにひしめき、その下で、殺意に燃える小さい眼がぎらついた。

『鷹、急いで！』

ザザが叫んだ。

土にまみれた短剣を棄て、スカールはようやく肩が通る程度に広げられた穴にむりやり身体をねじこんだ。

思いきり息を吐き、肩をちぢめ、両腕と胴体の筋肉を総動員して狭い隙間に身を進める。爪のはがれた指は灼けたやっとこでねじられるようだったが、かまっていられる場合ではなかった。

「モスの神よ！」

喉を絞められているような声で、スカールは遠い草原の神に祈り、その膝元にいるはずの愛する妻に呼びかけた。

「モスよ、おおリー・ファよ、俺は誓ってこんなところで無様な死に様をさらすような真似はせんぞ！」

足の下からウーラの毛深い肩の感触が消えたかと思うと、キタイ兵たちの甲高い悲鳴があがった。

濃い血臭が鼻をさした。狼王の地をゆるがす咆吼が轟いた。甲冑がぶつかり、キタイのきしるような言語でなにかわめき散らす声が飛び交った。ウーラが押し寄せるキタイ兵の真ん中に飛び込み、押し返しているらしい。

しかし、だからといって悠長にはしていられない。スカールはようやく長い足を穴の中まで引きずり込み、肘と膝を使って死にものぐるいで奥へと這いはじめた。

かなり前方にスーティの小さい姿が、言われたとおりに懸命に這っているのがぼんやり見える。小さい分だけ、スーティのほうが進みが早い。

「ザザ！　ウーラ！」

しゃにむに前へと進みながら、スカールは怒鳴った。

「もういい、お前たちもここへ入れ！　そいつらの相手をしていてはきりがないぞ」

『承知だ、鷹。ウーラ、行くよ！』

ザザの声が応じ、続いて狼王のどこか不満げな唸り声が聞こえた。自分はまだ戦えるとでも言いたげな調子だったが、最後にひときわ高い悲鳴をキタイ兵にあげさせておいて、重いものが地面を蹴る音がした。バサバサと翼が鳴り、後ろに風のように舞い込む気配を感じた。

振り返っている暇はない。前を進むスーティの背中だけを見て、スカールは進んだ。狭い入り口を通り抜けてしまうといくらか穴は広くなったが、それでも窮屈なことに変わりはなかった。両肘を張り、足と膝で蹴って前進するのがやっとで、頭を上げる余裕さえない。

長い間放置された地中の穴はほとんど乾いていたが、ところどころ地下水がしみ出てぬかるみ、地中の虫や小動物があわてて逃げていく。腥《なまぐさ》くこもった空気が息をつまらせる。

背後から急にはっきりとキタイ語のわめき声が反響してきた。キタイ兵が穴にたかり始めたらしい。

たかったところで、ここに潜り込むにはまず甲冑を脱ぎ捨て、武装も捨てなければ無理なはずで、かついかに小柄な者であろうと、二人以上が同時に穴をくぐるのは不可能だ。

追われたとしても丸腰で裸の男が一人ずつ、ならば恐れる必要はない、そう判断して、スカールはとにかく前へ進むことに集中した。

額を汗が伝った。肩がちぎれるように痛む。

ヒュッと音がして、本能的にスカールは身を避けた。

脇腹ぎりぎりのところを槍の穂先が通り過ぎ、退いた。

潜り込むのは無理と判断して、槍で中をめっぽう突きまくることにしたらしい。槍の柄が届かないところまで進まねば、遅かれ早かれ串刺しだ。

草原の男の野生の本能が命じるまま、狭い空間で右によけ、左によけ、地に伏し、時には天井に身体を押しつけながら、スカールは唇をなめた。汗と血と土埃のまじった唾は苦く、声高にキタイと竜王を呪いながらさらに先へと進む。

臑《すね》に鋭い痛みが走り、槍の穂先にかすめられたのがわかった。あと少し、もう少しで、槍の長さより奥に進めるはずだ……

すさまじい咆吼が穴の中に反響し、一瞬心臓が飛び出すかと思った。

ウーラの咆吼だと気づいた。キタイ兵のわめき声が聞こえ、ガシャガシャと甲冑が崩れる音が遠ざかる。青い光が星屑のように舞ってきて、蒸れくさい地下の暗黒にわずかな明るみを添えた。

『あいつら、魔道師を呼んできて中に火を放とうとしたんだ』

いきなりすぐそばでザザの声がして、スカールはぎょっとした。

いつの間にか、スカールのすぐ前を、銀色に微光を放つ猫ほどの大きさの獣が進んでいる。その頭の上に、小雀ほどの小さな鳥がすましかえった顔でちょんととまっている。姿はそのまま、身体だけを小さくしたザザとウーラだった。

『でも頭をつっこんできたやつはウーラが目玉をえぐり出してやったし、あたしが魔道を通さない壁を張りめぐらしてきたから、中で蒸し焼きになることはまあないね。でも早く外に出るにこしたことはない。鰐神の力はもうすぐ消える。あんまり気持ちのよくない場所なことは確かだし』

「なんとまあ。妖魔というものは便利だな」

思わずスカールは嘆声をもらした。肘と膝をすりむき、全身土埃とすえた臭いの泥にまみれて這い進む身としては、地上を歩くのと同様に威厳をもって歩を進めるウーラと、その頭に気楽そうにちょこんと座り込んでいるザザはうらやましい限りだった。

2

背後の叫喚のこだまはしだいに遠くなっていった。さしものキタイ兵も狼王の牙を恐れたか、それともザザがめぐらしたという障壁にはばまれて先へと進めないのか。

だがいずれにせよ、完全に彼らの手を逃れたと確信できるまで、スカールは止まろうとは思わなかった。何よりこの地底の穴ぐらときたら、からかうように外気の気配だけは先から伝えてくるものの、さてどこが出口かとなるとまったく見当もつかない。行く手はどこまでも深い闇で、スーティの後ろ姿がせっせと少し先で動いているのがぼんやりわかるだけだ。

「スーティ。何か見えるか」

「ううん」

かすかにこもったスーティの返事がかえってきた。

「まっくらなだけだよ、おいちゃん。でも、なんだかちがうにおいがする。スーティ、さっきちょっとすずしいかんじがしたよ」

「おう、そうか。よい子だ」

スカールの気分はいくらか明るくなった。自分のみならず、スーティも外気を感じたらしいのならば、間違いなく出口はあり、しかも、それほど遠くはないと思われる。

何より、敵兵に追いたてられつつ、真っ暗な穴を先もわからず這い進むという危地にありながら、スーティはなにかおもしろい冒険でもしているように、興味しんしんであたりの様子をうかがっているらしい。実に剛胆な子だ、とスカールは改めて思い、自分の子であるかのように、誇らしく感じた。

『あたしも感じるよ。水の気配だ。地下水じゃないね、これは』

ザザも嘴をあげて賛成した。

『流れている新鮮な水のにおいだ。きっと川べりに近いんだ。うまいことといけば、川をたどって逃げて足跡をごまかせる。キタイ兵が穴の先を探して追ってきたところで、足跡も匂いもなければつけてこられない』

ウーラも賛同するように短く鼻を鳴らした。

「黄昏の国へ逃げ込むわけにはいかんのか、ザザよ」

這い進み、息を切らしながらスカールは問うた。

「あの国ならば普通の人間は入ってこれまい。たとえ魔道師といえど、あそこはお前たち妖魔の領分なのだろう。こちらで相手をするより、黄昏の国をたどってキタイ兵の勢力を逃れるのが早いのではないのか」

『そりゃ、できればあたしもそうしたいけどねえ。入り口を開くにも場所ってもんがあるのさ』

ウーラの頭の上で、ザザは居心地悪そうにもぞもぞした。

『特にフェラーラ周辺はややこしいんだよ。鰐神の力はもうすぐ消えるけど、ここらは長いこと妖魔と人間がまざりあって暮らしてたおかげで、魔力やなんかが不安定になりがちなんだ。うかつなところで扉を開いたら、とんでもないところに飛ばされないともかぎらない。黄昏の国じゃなくて、もっとひどいどこかへ踏みこんじまうかも』

「来るときはフェラーラの領内で出口を開いたではないか」

『あれは赤い街道の助けがあったからね。言ったろ、街道は幽冥界でも精霊界でも、魔物の国でも、どこでも街道なんだよ。行きたいところへ行ける。正しい道筋をたどりさえすりゃあね』

ちょっと肩をすくめるような仕草をザザはした。

『でも赤い街道に戻る余裕はたぶんない。そうすると、街道の力は借りずに、いわば世界に横入りすることになる。それにはそれなりの力と後押しが必要なんだよ。あたしやウーラみたいな、根っからの妖魔ならどこからだって出入り自由だけど、あんたと坊やはそういうわけにいかないからね』

「では、どこならいいというのだ」

『どこか、清浄な自然の力があるところだねえ』

苛々と言ったスカールに、ザザは考え込むように小首をかしげた。

『川があるようだし、流れを下っていけばどこか古い木のある森か、泉か、そういうところを見つけられるかもしれない。それか、古人《いにしえびと》の足跡のある場所とか。フェラーラの近くにはそういう遺跡も多いんだ。うまいことそういうのを見つけられれば、安全に扉を開ける。古人は地脈と水脈のあつまる場所に祭壇を設けるからね。あんたと坊やを無事に黄昏の国に入れるのは、実を言うとなかなか面倒なんだよ』

「小屋に勝手に闖入してきた上に、俺たちを無理矢理連れ出したときにはそうではなかったぞ」

『そりゃ、例の大魔道師の爺さんが、あんたたちを守ってくれるよう、まわりの木の精や地霊や空気の精なんかに頼んでいたんだもの』

当然のようにザザは言った。

『あたしたちを通したってことは、あたしたちといっしょに行くことを精霊たちが認めたってことだ。黄昏の国は妖魔の国、精霊のふるさとでもあるんだよ。精霊の守りがあるってのに、黄昏の国があんたたちをはじき出すわけはないじゃないか』

なぜだかひどく理不尽なめにあわされている気がしてきて、スカールがむきになって何か言い返そうとしたとき、「おいちゃん！」というスーティの叫び声がこだましてきた。スカールはあわてて叫び返した。

「どうした、スーティ」

「ひかりがみえるよ！」

スーティの声もさすがに安堵の響きがあった。

「まえのほう、うんとぽっちりだけど、ちいさいひかりがみえる！」

「おお」

くたびれた身体に、力がよみがえってきた。スカールは首を伸ばした。本当だった。スーティのさらに先、ほとんど燃え尽きそうな星ほどの小さな光の点が、闇の奥で誘うように揺れて見える。

「よし、あと少しだ、スーティ、もう少しで外だぞ。もうひとふんばりだ、いいか」

「うん、おいちゃん」

『あたしゃ、先に行ってちょいと様子を見てくるよ』

ザザがはばたいて飛び上がり、小雀からさらに雀蜂程度の大きさになって、闇の中をまっしぐらに飛んでいった。ウーラが一声吠えたが、彼の方はスカールのそばを離れようとせず、落ち着いた足取りを崩さずに粛々と進む。

最後の道程はおそろしく長く感じられた。どこまでいっても前方の小さな光は近づいてこないようだったが、スカールはがむしゃらに肘を張り、足を蹴ってもがき進んだ。あともう少しでこの暗くて蒸れくさい、埃と土まみれの穴ぐらとおさらばできるという希望が、もう残っていないと思えた気力を驚くほどかき立てた。血と泥まみれの指先にすでに感覚はなく、すりむけた肘と膝も同じく血にまみれていたが、かまっている場合ではなかった。

永遠にも近い時間、土の中でもがき続けた気がした。どこまで行っても暗黒と土の下から出られないのではないかという疑念が心をかみ始めたその時、無我夢中の頭をあげると、ふいに明るい光がさっと額にさした。

まばゆさに、スカールは思わず声を上げて手で目をかばった。

うつむいて必死に前進しているうちに、出口はほんの腕二本分ほどの距離にまで近づいていたのだった。スーティの小さな背中も見えた。手足をつけて這ったまま、首をのばして外を眺めている。

「スーティ！」

スカールは叫んで、最後の距離を死にものぐるいで詰めた。スーティの背中が手の届くところにやってくる。

スカールは身体を引きずり、スーティの丸くなった背中に触れた。スーティはびくっとし、後ろを向いて目を丸くした。ふっくらした頬はこれもまた泥まみれで、蜘蛛の巣や埃で灰色の筋がついている。

「おいちゃん。わんわん」

「どうしたのだ、スーティ。出口についたのだぞ。俺のことなど待たずに、外に出て身体を伸ばしていればよいのに」

そう言いながら思い直して、いや、先に行ったザザが用心してここで待つように幼子に言ったのではないかと考えた。

しかし、ザザの警告がまだないのならば、早くこんな場所からは出たい。周囲を見て危険がないようなら、自分が出て、それからスーティを抱き上げ――

出口の両側に手をかけ、勢いよく身を乗り出そうとしたとたん、下から吹き上げる冷たい風が、冷たい手のように首に巻きついた。

『駄目だよ、鷹！』

ザザの声が頭上から響いた。

景色がぐるぐると回り、一瞬上下の感覚をスカールは失った。陽光のまばゆさときらめく水面がごた混ぜになって目をくらませる。

スカールほどの反射能力がなければ、そのまま勢いで外に飛び出していたろう。なかば以上出かけていた身体を、肩と腕の力で穴の中に引きずり戻した時、スカールの心臓は嵐のように波打っていた。

はるか下で光る水面と水流の音、石にあたってあがる水しぶき、川面からあがってきて幽霊の手のように彼を引きずり落とそうとした湿った風の感触は、ひどくなまなましかった。

スーティがしっかりとしがみついてきた。スカールは荒い息をつきながらスーティの身体に手を回し、命の綱と思って進んできた光の正体に、ありったけの罵倒を浴びせた。

「なんということだ」

穴の先は確かに外部に続いていた。だがそれは、高く切り立った崖の中腹に、口を開いているのだった。

対岸の、ちょうど地面がつづいていればこの穴がつながっていたであろう場所に、風雨に摩滅して小さくなった穴の続きが見える。この地下坑が作られた当時はおそらくこの谷もつながっていたのだろうが、なんらかの変動が起こり、地面が割れてそこを水が流れるようになったらしい。

長年の間に水は地をけずり、岩をけずって、急峻な谷底を流れる川と化していた。割れた大地は急角度で落ち込んでおり、流れる谷川は岩だらけで、転げ落ちればたちまち五体がばらばらに砕けてしまったろう。冷たく水を含んださわやかな空気を吸いながら、スカールは声高に呪った。

『そうあわてるもんじゃないよ、鷹』

もとの大鴉の大きさに戻ったザザが空を舞っている。

『まったく。前も見ないで飛び出すもんだから、あたしゃひやっとしてもうちょっとで自分まで落っこちちまうところだったじゃないか』

「お前は翼があるからかまわんだろうがな、ザザ」

苦々しくスカールは吐き捨てた。

「人間にお前のように空を飛ぶ力はないのだ。この高さの崖から飛び降りて無事でいられるわけがなかろう。スーティもいるのだ。いったい、ここからどうやって動けというのだ」

カタカタと嘴を鳴らしてザザが笑う声がした。

『やれやれ、鷹、あんたもちょいと疲れて頭が回らなくなってきてるようだね。あたしが何のために先にまわりを見てきたとお思いだい』

晴れた青空に気持ちよさそうにくるりと輪をかき、ザザは翼を鳴らしてすぐ近くまで降りてきた。

『近くに森があって、蔦《つた》や丈夫な木の皮なんかに不足しないのは確かめてきたよ。あたしがこれから行ってそういうのを集めてくるから、あんたはここで、そいつを使って縄をなうんだ。丈夫なのをね。坊やを背中にくくりつけて、それでもって下へ降りる。まさか、ここまで来て、もう一苦労するのがいやってわけじゃなかろうね』

「うむ、だが、しかし、その縄はどこに結びつけるのだ」

不機嫌にスカールは言いつのった。

「ここにはどこにもそんな手がかりはないぞ」

『本当に疲れてるんだねえ、鷹。ウーラがいるじゃないか』

心底あきれたといったザザの言葉に、スカールは思わず振り向いて狼王を見つめた。

ウーラもいつの間にかもとの大きさに戻り、いささか窮屈そうに狭い穴にぎっしりはまりこんでいる。

『ウーラならあんたと坊やの重さはなんでもないよ。ウーラが上で支えるから、あんたたちはただ縄を伝って降りればいいのさ。ウーラにとっちゃあんたたちくらい、兎一匹ぶらさげるくらいのもんさね』

「わんわん」

ふところから顔を出したスーティが心配そうに狼王の額に触れた。

「わんわん、スーティたちのことぶらさげるの？　おもくない？　ねえわんわん、スーティ、おもくないの？」

スーティの伸ばした手にウーラは頭をすりつけ、桃色の舌でなめた。小さな手は巨大な口の前で細い藁《わら》の一本のようだったが、スーティは恐れる気配もなく狼王のふさふさした頭を撫でた。

「わんわん！　スーティ、わんわんすきだよ！」

「どうやらお前の言うことを聞くしかないようだな、ザザよ」

スカールはため息をついてその場に腰をおろした。足が宙でぐらつき、もろくなった土がいくらかはるか下の川面に崩れた。

「とにかくお前の見つけたという蔓《つる》やらなにやらを持ってきてくれ。このままここで餓死するか、キタイ兵に追いつかれるかするより、前に進みながら死んだ方がましだ」

『景気の悪いことをお言いでないよ』

気を悪くしたようにザザはくるりと小さな円を描いた。

『まあ、いろいろとうんざりなことが続いてるのは同情するけどね、あともうちょっとの辛抱だよ。それじゃおとなしく待ってな、坊や、愚痴っぽいおじさんには、いい子にするようにいうんだよ』

ザザは飛び去った。スーティは不思議そうにスカールを見上げ、「おいちゃんいいこ？」と尋ねた。スカールは苦笑するしかなかった。

やがて嘴と脚から蔦や木の皮をどっさり垂らしてザザが戻ると、スカールは気を取り直して蔦をもみ、木の皮をよりあわせて丈夫な縄をなう仕事にとりかかった。草原でも慣れた作業だったが、狭い土穴の中で痛む背中をかがめ、あちこちに手や肘をぶつけながらやるのは思うよりも疲れる作業だった。

ザザは何度も追加の材料をくわえて往復し、スーティは蔦を石で打ってやわらかくすることで作業を手伝った。よく叩いてしなやかにされた蔦は頑丈な繊維になり、木皮とあわせて編み込まれることでより強靭さを増した。スカールはできあがった分を何度か腕の間に張って強度を確かめた。結果はなかなか満足すべきものだった。

『さあ、それだけあればもう十分だ』

五往復ほどして、輪になった縄がスカールの膝にとぐろを巻くほどになると、ザザがそう宣言した。

『それをウーラの胴体に巻きつけるんだよ。しっかりね。それであんたと坊やの身体もきっちり縛りつける。あとはあんたの頑張りしだいだよ、鷹。あともう一息なんだ、踏ん張りな』

「翼のあるやつは気楽なものだ」

スカールは嘆息し、言われたとおりにとりかかった。巨大な白い岩のように鎮座しているウーラの太い胴体に縄をまきつけ、きつく結んでとめる。反対側の端をたぐり、自分の胴体に巻きつけ、余った部分で、スーティの身体を背中に縛りつける。

「下を見るんじゃないぞ、スーティ」

後ろ向きになって脚をつっぱりながら、肩越しにスカールは言って聞かせた。

「おいちゃんは落ちやしない。お前を落とすこともしないから、ただ目をつぶって摑まっていろ、いいな」

スーティはスカールの肩に顔をうずめていたが、動きで頷いたことが伝わってきた。

スカールは大きく息を吸い、はるか下のしぶきをあげる急流めざして、危険な降下を開始した。

すぐに痛めつけられた肩や手足が悲鳴をあげはじめた。胴にまいた縄で少しは緩和されているとはいえ、大人ひとりに子供を加えた体重が（スーティの重さなどこの際羽根のようなものだったにせよ）さんざん酷使された関節にのしかかったのだ。

綱をひとたぐりするごとに肩と腕が燃え上がるように痛み、きしんだ。両手の指は痛みにしびれきってもはや感覚もない。頭上の空は青く澄んでいたが、そのまぶしささえスカールの疲れ切った神経には呪わしかった。

おまけにザザの――このろくでもないおしゃべり鴉めが――甲高いわめき声が間断なく耳を突き刺す。自分は翼があって問題ないとて、あれやこれやとどうでもいいことを指摘し、やれ脚の置き方が間違っているだの、そっちへ降りるよりもあっちの岩につま先をかけたほうがよかっただの、ぎゃあぎゃあ文句をつけてくる。彼女としては励ましのつもりだったのかもしれないが、とうとうスカールはやかましいと天に向かって怒鳴り、際限ないおしゃべりを黙らせなければならなかった。

怒鳴られるとむっとしたのかザザはようやく静かになった。スカールは空中で息をつき、背中のスーティにむかって、「寒くないか、スーティ」と声をかけた。

地中の蒸れた空気に慣れた身体に外気は冷たく、下から吹き上げてくる風は水滴を含んで湿っている。草原よりは温暖で湿潤な気候ではあるにせよ、遠い太陽からの光は身体を暖めるには弱々しく、子供の冷えやすい身体には酷ではないかと思えたのだ。

「スーティさむくないよ」

肩に顔を埋めたまま、くぐもった声でスーティは応えた。

「おいちゃんおもくない？　スーティ、じぶんでおりられるよ」

「うむ、それはそうだろうがな、この途中でお前を離して綱につかまらせるのはいささか難しそうだ」

首を回すと筋肉が抗議の叫び声をあげたが、スカールはかまわず、背中にぴったりとくっついているスーティのやわらかい毛の先に頰をよせた。

「さあ、あともう少しだ。窮屈だろうが、我慢しているんだぞ」

スーティは小さくうなずいて、なおかたくスカールの胴体に手足を絡ませた。

スカールは大きく息を吸い、最後の距離にとりかかった。

もう急流の立てる激しい水音がすぐそこまで来ている。見上げれば地中の穴ははるか頭上で、ウーラの白い姿がわずかにのぞいているだけだ。

岩の突き出た崖はぞっとするほど高く急峻に見え、あわててスカールは目をもどした。

いけない。上を見ても下を見てもくらくらする。ただ目の前の一歩だけを見て、動き続けなければ。スーティのためにも。

　ひとつ、ひとつ、数を数えながらスカールは慎重に足先をさぐり、降りつづけた。無心のうちにいつの間にか身体の苦痛は遠くなり、どこか遠くで燃えている熾火《おきび》のように感じられだした。時間の流れもどこかへ去り、感じられるのはつま先で探る崖の石と、目の前にある岩、そして両手につかんだ縄の感触だけになった。

「暁の光がモスの海を照らす……」

　いつのまにか低声でスカールは歌っていた。故郷のアルゴスの子供が歌う古い輪唱歌で、輪になって歌いながら、小さな馬毛の鞠《まり》を後ろ手に手から手へと渡していくのだ。歌が止まった時、鞠を持っているのが誰かを当てられれば、その者が勝者になる。お互いを騙すために、鞠はときおり逆順に回されたり、一人二人をとばして投げ渡されたり、手ではなく脚をつかって回されたりと子供なりの策謀がこらされる。

　スカールはいつもこの勝負に勝った。誰よりも目が鋭く、ささいな動きも仲間たちのとぼけた表情も見逃さない、俊敏な草原の少年だった。

「星を持っているのは誰か……暁の星ひとつ……暁の星ふたつ……みっつ……よっつ……いつつ……」

　アルゴスの草原が幻のように目の前に揺れた。まだ幼い自分がきまじめな表情で仲間たちのあいだに座り、じっと星の行方を見定めている。複雑な経路をたどって動く星の行く末。黒い髪と瞳の未来のアルゴスの黒太子。自分の行く手に何が待っているかも知らなかった子供。

「暁の星むっつ……ななつ……暁の星やっつ……ここのつ……」

星がまわる。星がめぐる。

「暁の星を持つのは誰か……暁の星ここのつ……」

星がめぐる。

「暁の星……とお――」

脚が冷たい水に触れた。

突然両手の力が抜け、スカールは激しく流れる急流に倒れこんでいた。

頭にかかっていた霧が一気に晴れた。文字通り水に投げ込まれた犬のように飛び上がり、ぶるっと頭を振る。滴るしずくを顔からぬぐいながら、背中のスーティを振り向いた。

「すまん、スーティ。大丈夫か」

「スーティなんともないよ。だいじょうぶ」

地面についたとわかるとほっとしたのか、背中でスーティがもぞもぞ動きだした。

「おいちゃん、おろして」

ふるえる手でスカールは堅く結んだ縄をほどきにかかった。痛めた手と腕はしびれきってなかなか動かなかったが、ようやく結び目をゆるめ、縄を身体から落とした。スーティは下ろされるまでもなく、自分でぴょんと飛び降りて流れに立ち、脚をすくわれそうになった。スカールはあわてて腕をつかんで支えてやった。

『やれやれ、ようやくだね』

ザザが輪を描いて降りてきた。

『ここから少し流れをさかのぼったところに、扉を開けそうないい場所があるよ。案内するからついてきな。黄昏の国に入っちまえば、もうこっちのもんさ』

「待て待て。ちょっと一息つかせてくれ」

さすがのスカールも手をあげて止めた。

「妖魔のお前ならほんのひとっ飛びでも、人間の俺とスーティは一歩一歩歩かねばならんのだ。少しは加減しろ」

『ああもう、まったく。人間ってのは不便だねえ』

馬鹿にしたようにザザはカーと鳴いた。

好きに言わせておいて、スカールは澄んだ流れで顔と手足を洗い、冷たい水をたっぷり飲んだ。どこかの地下からわき出るらしい水は水晶のように透明で、渇ききった喉には極上の馬乳酒のようにうまかった。

スーティも夢中になって両手ですくった水を口に運び、全身にはねかけている。上で何か動く気配がしてスカールはぎくりと身構えたが、さっと白い影がよぎり、巨大な狼がまるで重みのないもののように岩の上に降り立つのを見て、緊張をといた。

「わんわん！」

スーティが嬉しそうに駆け寄る。ウーラは首にすがりつくスーティをさんざんなめ回してきゃあきゃあ言わせ、子犬のように転がして、ふかふかの白い毛皮に包んで尻尾でくるみこんだ。

「世話をかけたな、ウーラ」

スカールも口をふいて近づき、狼王の胴体にまだ引きずられている長い縄を解いてやった。

「命があったのはお前が上で支えてくれたおかげだ。ありがとうよ」

『ちょいと、あたしにはお礼はないのかい。これだから人間ってのは』

不機嫌そうにザザが言った。

『さあ、ウーラも来たことだし、もう行くよ。まだキタイ兵がこのあたりをうろうろしてるかもしれない。油断は禁物だ』

スカールはしぶしぶ腰をあげ、最後にもうひとはね顔に水をふりかけて元気をつけてから、ザザのあとについて急流をさかのぼり始めた。

石は滑りやすく、流れは急だったが、深さは足首をなめる程度だ。注意深く足場を選びながら、石から石へとスカールは歩を運んだ。スーティもあとに続こうとしたが、ウーラが後ろから首をくわえ、ひょいと背中へ放りあげた。これはたいそうスーティを喜ばせた。

「ふわふわ、わんわん、あったかい」

狼王の背中にまたがり、抱きつくように頬をこすりつけて、スーティは嬉しそうに足をばたつかせた。

「わんわん、おいちゃんよりはやい！　すごいね、わんわん」

ウーラはスーティを背中に乗せて岩から岩へと飛び移り、先で止まってスカールが追いつくのを待っている。スカールが唸りながらふらついたり、苔の上で足をすべらせたりしているのとは大変な違いだ。おまけにザザは崖で懲りたのか文句は口にしないものの、行ったり来たりしては、まだそんなところで苦労しているのかと言いたげにカーと鳴く。

歯ぎしりしたかったが、スカールの気力もそろそろ限界に近かった。とにかく足もとに注意を集中し、できるだけ無様なまねはしないように慎重に水の流れを拾っていく。

上流にのぼるほど流れはしだいに狭く、細くなり、その分水の勢いが増した。両脇の崖につかまって身を支えながら進む。

ことだ。

　ここで崖の上からキタイ兵に見つけられたら終わりだなという想像がちらりと頭をかすめたが、できるだけ考えないようにした。今はとにかく黄昏の国の門までたどりつくことだ。

『そら、見えてきた。あそこだ』

　ようやく、ザザが歓声をあげた。

　肩で息をしながら、スカールはかすむ目をこすった。

　行く手は青々とした木立の中に入り込み、その奥に、なにか白くきらめく糸のようなものが見える。鈴を鳴らすような水音がし、木立の間に漂う水滴が虹のような光を帯びている。

　木立の中に入ってしまうと、不思議な安心感が心に広がった。崖の上から丸見えの川から身を隠せる場所へ入ったというだけではない、何か絶対的なものの胸に抱かれているような安堵感だった。

　やわらかい青草が地面をおおい、どの葉にも宝石のような水しぶきがきらめいている。歩くごとに水滴がこぼれ、木漏れ日の中に金剛石を振りまくように輝いた。

　木々が何かささやきあうように鳴る。だがそれは不安を誘うようなものではなく、むしろ、この場にやってきた二匹の妖魔と二人の人間という存在を、珍しがってのぞき込んでいるかのようだった。

目的地が近づいてきた。それは見上げるような巨岩の上から細い筋となって流れ落ちる、小さな滝だった。

スカールはザザとウーラに続いて最後の行程を越えた。

近づけば、滝の細部が不思議なほどはっきりと見えてきた。岩は長い間の水流に削られ、神々の玉座のような形にくぼんでいる。清流はなおもつきることなくこんこんと溢れ、下の岩にぶつかってすずしい音をたてる。水しぶきが霧となってただよい、あたりをぼんやりと明るませていた。滝の上には半円形の小さな虹がかかり、ちょうど、水でできた扉を飾る光の門のように見えた。

ザザはさっと飛んで、その虹をくぐって姿を消した。続いてスーティを乗せたウーラもひと飛びして滝の中へと飛び込み、消えた。

スカールは大きく息を吸い込み、これが最後と、大きなひと足で滝に踏み込み、頭上にきらめく虹の下をくぐった。

一瞬、首の後ろを冷たい水が打ったが、すぐに消えた。

目の前が暗くなり、にじむような明るさがとって代わった。

木々が色を変え、とろりとした蜜色の光があたりを満たしているのにスカールは気づいた。肌に触れる空気が明らかに違っている。暖かく、動かず、眠っている大きな動物の吐息のようにどこか優しくなめらかだ。

振り返ってみると滝はどこにもなく、ただ、静まりかえった黄金色の木立と、どこまでも続くなだらかな大地の起伏が広がっている。

『やれやれ、やっと一安心だ』

ザザがほっとしたように言って近くの木の梢にとまった。

『ようこそ黄昏の国へ、草原の鷹。これでもう大丈夫だよ』

3

「ああ、やれやれ」

それ以上歩く元気もなく、スカールは手近な木の下によろよろと座り込んで、背中を木の幹にもたせかけた。

「ようやくか。これで息がつけるというわけだ。スーティ……おや」

スーティはいつのまにかウーラの背に乗ったまま眠っていた。寝息をたてる小児を微笑しながらスカールは抱き下ろし、そばに寝かせた。

スーティは何かつぶやきながらその場に丸くなり、落ち葉と草に顔を埋めてまた眠りこんでしまった。ウーラはその隣に落ち着き、保護者然として頭をよせ、濡れた鼻をそっとこすりつけた。

『あんたも休みな、鷹』

さすがにザザもスカールの疲れ果てた様子には同情したらしい。自分の領域に戻って安堵したこともあるのだろう。声の調子をいくらか優しくし、羽根をつついて整えなが

ら、

『危険なものはウーラにゃ寄っちゃこないし、あたしも見張りに立つからね。とにかく寝て力を取り戻さないことには、どうにもならないようだ。坊やが目が覚めたら食べられるように、何かおいしい木の実でも集めておいてあげるからね。ウーラだって、何か焼き肉にできるようなものを捕まえてきてくれるだろうし』

「ありがたいな」

早くも瞼が重くなってきた。スカールはあたりはばからず大あくびをした。

「では、よろしく頼む、黄昏の国の女王。ここまでの道案内、感謝するぞ」

『おや、ようやくまともな口をきいたよ、この人間は』

憎まれ口を叩きながらも、ザザは悪い気はしていないようだった。

スカールはにやりとし、どうしようもなく降りてくる眠気と瞼にさからわず、伸びをして目を閉じた。

後ろの木がやわらかい布団になり、温かく身体を抱き込んでくれるようだった。眠りがそっと両肩を柔らかな裳裾《もすそ》で包み、音のない安らぎへとスカールは沈んでいった。

星がまわる。星がめぐる。

『暁の光がモスの海を照らす……』

ああ、これは草原の風の音か。

故郷の空をわたる光が虹色の軌跡を残す。澄みわたる空の下で羊たちがゆったりと草をはみ、馬にまたがる剽悍《ひょうかん》な戦士たちが短弓と矢筒を背に歩き回っている。犬が吠え、狩りに興じる人々の笑いとホイホイと呼び交わす声が聞こえる。矢弦がヒュッと鳴り、あやまたず的を射抜く。天幕に出入りする女たちの色とりどりな衣装、外に腰掛けて糸を紡ぐ老婆、その周囲に集まって昔語りをせがむ少女たち、少年たち。

『星を持っているのは誰か……暁の星ひとつ……』

馬毛の鞠が手の中にある。いや、そうなのか？　手から手へまわる星、暁の空に輝く光、複雑な軌道の上を気まぐれにたどっていく……

『暁の星ふたつ……みっつ……よっつ……暁の星、ひとつ……』

――鷹よ。

眠りの中でスカールは唸り、身じろぎして呼び声に背を向けようとした。しかしその幼い声は断固として呼びかけつづけた。

――鷹よ。目覚めなさい、草原の鷹。あなたにお話しせねばならないことがあります。目覚めなさい、豹頭王の対星《ついぼし》よ。

瞼のあいだから眩しい光がさしこんできた。

スカールは目を閉じようと頑張ったが、光はやさしいが有無をいわせぬ指先で瞼をひらき、スカールの意識に息を吹きかけた。

——鷹よ。草原の鷹、スカールよ。

呻きながらスカールは起き上がり、頭を振った。

それでもどこかで、ここはあくまで夢の中であり、自分は黄昏の国の木の下で眠っているのだという意識はあった。あたりは澄みわたる藍色の薄明に包まれており、天地もなければ左右もなかった。

陽をあびた朝露のような光が一面に輝いている。スカールはそれが、どこまでも広がる星空であることに気づいた。満天に星の輝く空の真ん中に、スカールは半身を起こした姿勢で漂っているのだった。

ひときわ明るい光がすぐ前にいた。

少女、とスカールは見た。いや、童女というべきか。うすく透き通る貫衣をまとい、長い裾を星雲のようにたなびかせる、ひとりの童女。

まだ、ごく幼い。二歳、いって三歳というところか。なめらかな丸い頬に短い手足はふっくらとして、肌は黄金、髪は自ら燃えているような赤みを帯びた金茶。埋み火のように、ところどころに橙色の光が走る。

小さな唇は花びらのよう、まるい瞳、つんとした鼻とともに抱き上げられ喜ばせてもらうのを待っているような、胸の苦しくなるほどの愛らしさをたたえている。だが周囲の状況より何より、全体に漂う耀《かがや》く神気とでもいう気配が、明確にこの童女を常の存在からは断ち切っていた。

スカールと同様、この童女も宙に浮いていた。少なくとも、どこかを踏んで立っているという姿勢ではなかった。あまたの星々を背景に、小さな女王のように彼女はいた。長い髪と裳裾が渦を巻いて星の間を流れた。

この童女にはなにか畏怖すべきものがあった。本能的にスカールはそれを感じ取った。愛くるしい顔は超自然的な静けさをたたえ、両の瞳はめくるめく不思議な炎の色。見ている間にも次々と色が変わり、ゆらめく焚き火を見ているかのようだった。

『草原の鷹。アルゴスの黒太子、スカール』

童女は言った。姿にふさわしく幼い、高く澄んだ声だったが、スカールが自然と姿勢を正して座り直すなにかがそこにはあった。

『あなたの夢を騒がせることを許してください、鷹よ。わたしはまだようやく現世にふたたび形をとったばかり、本来の力を発揮するには時間がかかるのです。あのフェラーラの民たちを異界へ渡すのに、持っていた力のほとんどを使ってしまいました。また動けるようになるまでは、いましばらくの休眠が必要になるでしょう』

「誰だ」

スカールは言ったが、すでにその答えを自分は知っていると感じた。手が無意識にあがり、ふところを探った。予想通り、そこにはくしゃくしゃになった布がつまっているだけだったが、驚きはしなかった。スカールは目をあげて、星々のあいだで輝く彼女を見つめた。

『わたしは〈ミラルカの琥珀〉』

童女は言った。言葉は小さな火花になって星々の間に飛んだ。

『〈ルーエの三姉妹〉の長姉にして、約束されし三つの石の一。豹頭王グインの剣の柄石。妹は〈オーランディアの碧玉〉、〈ユーライカの瑠璃〉。草原の鷹、これらの名をご存じではありませんか』

「知らぬ」

スカールは一度そう言ったが、すぐに考え直して、

「いや、知っている、ようにも思える。そうだ、ザザの奴めが、約束されし三つの石とかなんとか言っていた。それにお前、といっていいのかどうかにも自信がないが、お前が女王リリト・デアの胎内から滑り出たのを受け止めたとき、俺の脳裏には、確かにその名が閃いた。〈ミラルカの琥珀〉。それがいったい何であるのかも知らぬのに、目の前にある石がそれだと、なぜか理解したのだ」

『あなたはグイン王の対星』

ミラルカの琥珀と名乗る童女はそう言って頷いた。

『あなたとグイン王の記憶槽は、あなたと王も知らぬところで同調しているのです。王の記憶の奥底に眠るわたしたちの記憶が、あなたの記憶の中で覚醒したのでしょう。ランドックの女神にかけられた封印は強固ですが、この地に生まれた対星であるあなたには、いくらか拘束がゆるむようです』

「拘束もなにも、俺にはなにもかもわからぬことだらけだがな」

不機嫌にスカールは言った。口に手を当てて、琥珀の童女はほほえんだ。胸の絞めつけられるような愛くるしい微笑だった。

『それは仕方のないことです、鷹。王の対星といえ、あなたはこの地上の人間。グイン王とまったく同じ記憶を一度によみがえらせられたならば、その圧に耐えきれずに脳髄が破壊されてしまうでしょうね』

「待て。いま、ランドックと言ったか」

一度は聞き流した言葉に気づいて、スカールは身を乗り出した。

「ランドック、ランドシア、アウラ・シャー。フェラーラでは女神の影が禁止事項とやらで断片的なことしか話してはくれなかったが、お前はどうやら、そういう面倒なことには縛られておらんようだ。琥珀よ、俺はノスフェラスの中心部でさまざまなものを見た。巨大な星船、昏い鍾乳洞の奥にまたたく光る繭、その中で身を丸めて眠る一つ目の赤児、そして透明な棺の中で凍りついて眠る異形の生物——まるで地上の動物を愚弄するかのような奇怪な姿をしたなにものか。あれらはいったい何を意味するのだ、琥珀。禁止事項とやらを課せられておられんのなら、話してもらえるのだろうな」

『残念ながら、わたしのお話しできることもあまり多くはないのです、鷹』

琥珀は幼い顔を曇らせた。

『わたしたちはあくまでグイン王に付随するもの、王の御身に添わなければ本来の機能の数百分の一さえとりもどすことができません。わたしどもは王を支え、その飛翔を補佐するもの、琥珀は開き、碧玉は留め、瑠璃は求める。それがわたしたちの機能であり、役目なのです』

「頼むから俺のわかるように話してくれんか、琥珀」

苛立ってスカールは指を鳴らした。

「とにかく、お前たちはグインの眷属である。それは間違いないのだな」

『はい』

頷いて、琥珀は胸に手をあてた。

『わたし、長姉たる〈ミラルカの琥珀〉は王の剣の柄頭にあり、王の道筋を開くもの。次姉たる〈オーランディアの碧玉〉は王の錫《しゃく》にあり、わたしの開いた道を固定するもの。末妹たる〈ユーライカの瑠璃〉は王の冠にあり、王の求めるものを求め、その望みを叶えるもの』

「なるほど。だがそれが、ランドックやノスフェラスの星船とどういう関係があるのだ」

『悲惨な戦いがあったのです、鷹よ』

実際に痛みを感じているかのように、童女は両手で肩を抱いた。

『わたしたちもまたその時に創られました。戦いに赴く王の御身を守護し、その戦いに勝利をもたらすものとして。わたしたちは王を支え、王もまた、あなたがご存じのように、生命の自由と幸福を守護するために、英雄の剣をふるわれました。けれどもそれが』

童女の手が強く肩を握った。

『それが、ランドックの女神の怒りに触れてしまったのです』

「ランドックの女神」

スカールは繰り返した。

「それが、グインの故郷の名前なのか。ランドック。アウラ・シャーもまた、そこから来たのか」

『アウラ・シャー様は、〈暁の五姉妹〉のおひとりでいらっしゃいます』

琥珀の口調がいささか慎重なものになった。

『争いを好まれぬあの方は、戦いを避けてこの世界に降り立ち、人間たちを導いて平和に暮らす道をお選びになりました』

「だが、ほかの四人の姉妹の誰かが、グインに呪縛をかけて故郷から追放したというのだな」

スカールは手をのばして琥珀の腕をつかもうとした。だが夢の常なのか、それとも別の理由があるのか、わずかに暖かい感触だけを残して、指はむなしくすり抜けた。

「いったい、それは何者だ。グインが常に俺の知っているあの男であったというのならば、女神はなぜ怒《いか》った。あの男は常に民人と生命を愛し、自由と平和のために身を捧げる、誉れたかき戦士だ。どのような気まぐれな女神であろうと、記憶を封じ、おそらくは王として君臨していたであろう地から追放するなど、ただごとではないぞ」

『わたしのお話しできることも、あまり多くはないと申し上げました』

琥珀は力なく頭を振った。

『いまお話しできるのは、グイン王は女神の怒りに触れ、故郷を逐《お》われた、ただそれだけです。わたしたちも王の眷属として身に添い、星船に組み込まれてこの地へやってまいりました』

「星船」

スカールは目を光らせた。

「それは、ノスフェラスの地中に埋められたあの船のことか」

『いいえ。王が搭乗されていた船はすでに失われました』

琥珀の口調は失った自分の肉体のことを話すかのように悲しげだった。

『でも、いまこの世界にある星船で、機能を保っているのはノスフェラスに墜落したあれだけです。わたしたち三姉妹、そしていまひとつの鍵、これらが揃えば、王はあの船を再起動させることができるでしょう』

「あれを動かすことができるというのか？」仰天してスカールは聞きかえした。

『はい。とはいえ、現在は実体としての存在は失っておりますが』

琥珀はひたとスカールを見た。

『あなたがたが星船と呼ぶものは、本来、時間と空間のはざまを移動する大規模な門がかたちをとったものだとお考えください。船とは呼ばれていますが、この地において海を航行するようなものとは意味が違うのです。目に見える実体と物質性を帯びてはいますが、その実質は、時間と空間に橋をかけ、思う場所へと意のままに移動する機能そのものにあります。正しい起動鍵とその認証された主、それらが揃えば、いったん実体を失った船は再び主人の求めに応じてこの次元に物質体としての姿をあらわすでしょう』

「おまえたち三姉妹。鍵」

顎に手をあててスカールは繰り返した。

「グインはそのことを知っているのか」

『一度は知られました。けれども、あなたがたが古代機械と呼んでいる調整装置が、その記憶を消去してしまったようです』

琥珀の童女の目に火のような涙が燃えあがり、虚空に散った。

『女神の呪いはいまだ生きているのです。あの方が万が一にも記憶を取り戻し、故郷ランドックに帰還せぬようにと。わたしたち三姉妹もまた星船がこの地上に落下したときちりぢりになり、わたしはアウラ・シャー様に見いだされて庇護を受け、フェラーラの王族の血の中で眠ることで長い年月を過ごすことができました。けれども妹、碧玉のオーランディアの行方はいまだわかりません。眠っているのか、それとも破壊されてしまったのか』

涙をこらえるように琥珀はうつむいた。

『そして末妹の瑠璃ユーライカは……ああ、可哀想な妹、あの子は求めるものとしてことに王への愛着が強かったがゆえに、自分を見失い、待ち続ける永い年月のあいだにすっかり自らの本質を忘れてしまっています。いま彼女は王のそばにいて落ちついていますが、あれでは本来の機能を果たすことはできないでしょう。わたしたち三姉妹は本来お互いに密接な接続を保ち、思考と情報を共有するはずなのですが、いまはあの子へいくら呼びかけても届きません。混乱した雑音と拒絶が返ってくるだけです。この地にあって待ちつづける間に、暗い力の影響も受けたようですね』

「だが、それでもグインは気づかぬまでも、自らの故郷への鍵をひとつ手に入れているということだな」

琥珀の顔があまりに悲痛に見えたので、スカールは元気づけるように声をかけた。

「それに、グインのそばにあるなら当面居場所も心配ない。そして、俺がグインの対星であるなら、お前、琥珀のミラルカが俺の手にあれば、いずれグインのもとに戻ることもできるというわけだ、そうだろう」

『はい』

琥珀ミラルカの揺らめく瞳が希望の色に輝いた。

『どうかそうしていただけるようお願いいたします、草原の鷹。今は離れていますが、近くへ行ってやれば、ユーライカにもわたしの言葉が届くはず。残るオーランディアともうひとつの鍵を見いだすことができれば、ノスフェラスの星船を再起動させ、再び実体を持たせることができるかもしれません』

「星船、か」

スカールはひとり呟いた。

「やはりグインは地上の人間ではなかった……天から舞い降りてきた神々の一族。確かにあの偉丈夫にはふさわしい、実にふさわしい……だが、女神を怒らせ、記憶を奪われ追放に処された、それほどの罪とはなんなのだ」

『王は暁《アウラ》を見いだしてしまわれたのです』

そう言ってしまってから、琥珀の娘はハッとしたように口もとに手をやった。

スカールは弾かれたように頭をあげた。

独言に返事が返ってきたことも驚きだったが、なによりその内容が彼を驚愕させた。口を押さえてちぢこまる彼女を、鷹の射抜くような視線がさらに凍てつかせた。

「そう怯えることはない」

息詰まる一瞬があって、スカールはふと肩の力を抜いた。

「お前たち、神々による被造物が、どうやらある面においては俺たち人間より不自由であるらしいのはもうわかっている」

『申し訳ありません』

琥珀は肩を落として呟いた。

『けれども、これ以上しいてお訊きになっても何にもならぬことは確かです。わたしには禁止事項と呼べるものはそれほどありませんが、それは前提として、三姉妹すべてが揃わなければ完全な機能を取り戻せないという大きな枷があるからです。ばらばらになった個々のわたしたちは、それぞれ断片的な情報を脈絡なく持っているだけです。それらを系統立て、統合して役立てることができるのは、グイン王ただおひとりのみ』

「アウラ・シャー女神の影は、『アウラとは女神の名のみではない』と俺に告げた」

考え込むようにスカールは呟いた。

「ということは、アウラと名のある女神以外にも、暁《アウラ》と呼ばれる別の存在がある、と考えられる。グインは暁を見いだした、とお前は言った。それが女神、おそらくは同じくアウラを名乗るもの、の怒りをかい、グインは罪に落とされた、のであれば」

琥珀は小さな手を組み合わせて沈黙を守った。

「神々――アウラ・シャーの影の話によれば、この地には古来、多くの神々の種族が星船に乗って降臨し、人間たちにさまざまな導きを与えたとか。だが、俺の見るかぎり、彼らは神とはいってもいま、われわれが信仰するような霊としての神ではなく、肉体も魂も備えた、はるか超越的な力を持つが結局は一個の生き物であり、さまざまな性質と目的をそなえた、別世界の住人である、と考えるのが正しいようだ。かのキタイの竜王もまた、グインやアウラ女神と同じく遠い星の彼方より飛来して、この地に闇を振りまかんとする魔神であろう」

ちりちりと夢の端が紫の炎に舐められているのにスカールは気づいていなかった。目覚めの兆候が全体の輪郭を少しずつぼやかせ、夢の時間をじりじりと燃え尽きさせている。

「では、アウラとは何か」

それにも気づかず、夢中になってスカールはしゃべり続けていた。もはや彼ではなく、この謎のうちに潜むなにものかが息をつきに現れて、深淵の奥でゆるりと尾をゆらめかせるかのようだった。

「女神とは違うアウラ、見いだすことが神々にとって重大な罪と感ぜられる暁《アウラ》、いったいそれは何なのだ？　グインはいかにしてそれを見いだし、罪とされたのか。いや、それははたして、本当の罪だったのか。それは、ただ」

ただ、と口にして、スカールは硬直した。恐ろしい考えが雷鳴のように落ちてきたのだった。

（グインは――）

（グイン、は、神々以上の存在と接触してしまったのではないか）

女神はそれを恐れて、グインを追放したのではないか。神々がひた隠しにしてきた、彼ら自身の上位存在。

超存在に触れたグインが、自分たち以上の存在になること、神を超え、その上に君臨するようになること、彼らの占めている星々の間の座からけ落とされることを、支配者として、神々は恐れたのではないか。

あるいは人間的な打算などを、神々の種族に当てはめることは正気の沙汰ではないかもしれない。だが、これが真相からそう遠くへだたってはいないという自信が、なぜかスカールにはあった。

そうでないならなぜ、グインはあれだけのすさまじい力と、運命の流れを変え、星辰《せいしん》の運行をも自然の理さえもすべてねじまげることが可能なほどの、異常なまでの力の焦点と化しているのか。

　異界の存在である竜王ヤンダル・ゾッグでさえ、グインを彼の野望に必要不可欠なものとして求めてやまぬのだ。その不気味な真意はいまだ謎ではあるにせよ、単なる強力な戦士としてだけあの魔王が求めているわけはない。運命をねじ曲げ、世界まで塗り替える力。ヤンダル・ゾッグが求めているのはただの個人ではない、ただそこにあるだけであらゆる世界をゆり動かす、グインという力の集合体であり、結晶なのだ。

　そのような力、神々すらも欲する、あらゆる世界を左右する力を、グインが〈暁《アウラ》〉なるものに、接触することで手に入れたとしたら。

　ふっと足もとの揺らぐような感じがして、スカールは振り返った。

　すぐ足下に、熱のない薄紫の炎が迫っていてぎょっとする。炎になめられた空間はみるみる雲母の塵となって崩れ、星々の間に乳色の流れとなってこぼれ落ちていった。

『目覚めの時がきたようです』

　琥珀は静かに言った。

『わたしはまたしばし休眠せねばなりません。主から離れて、わたしたち三姉妹が正常に活動できる時間は、基本的に長くはないのです。わたしはフェラーラの民の血に同化して永い時を過ごしましたが、そのために、いくらかは人間と妖魔の両方の影響も受けています。異質な熱量の平衡調整を試みるために、もうしばらく時間が必要です』

「待ってくれ、琥珀よ。ミラルカ」

ぐらりと身体が後ろに傾く。ゆっくりとスカールは墜落しはじめた。金色に輝く童女が、星雲の衣に身を包んでじっとこちらを見送っている。スカールは手を伸ばしてたなびく衣の裾をつかもうとした。

「ミラルカ。もっと話を聞かせてくれ。アウラ・シャーの影は俺に告げた。『かつて神々のものであった宝石《いし》は変化し、人間のものとなるでしょう。真の持ち主の元に帰れるように』と」

周囲ですさまじいいきおいで星空が巡っていく。おそろしく長い距離を落下していると感じたが、琥珀の童女はまだ手の届く場所にいるように見えた。スカールは声をしぼった。

「その宝石《いし》がお前たちのことなら、そしてグインがお前たちの主なら、なぜアウラ・シャーは『人間のものとなる』などと告げたのだ。『真の持ち主』とは、グインのことではないのか。グインが主ではないのなら、それはいったい誰だ。誰なのだ」

燃える太陽のように琥珀の娘は高みにあって、なかなか消えなかった。落下の間に流れる星のめまぐるしさが目をくらませ、唇から言葉を吹き飛ばしていった。ようやくつかんだと思った考えが、次から次へと虚空に散っていく。

「琥珀よ！」

もう彼女の黄金の光は見えない。なだれ落ちる星ぼしがスカールのまわりで踊り、流れ込み、踊り歌った。

いつかそれは記憶の中の幼い声になった。子供たちが輪になって歌っている。幼い自分。幼いリー・ファ。失った草原の民の仲間たち。

（『星を持っているのは誰か……暁の星ひとつ……』）

（『暁の星ひとつ――ふたつ……暁の星はひい、ひい、ひとつ、……』）

（『暁の星を持つものは……誰か――』）

（『――誰か――』）

（『――誰――か……』）


「おや、お目覚めかい、鷹」

ザザのにぎやかな声が耳朶《じだ》をうった。

重い頭を振りながら、スカールはゆっくりと起きあがった。

木の幹にもたれていたのがいつの間にか横倒しになり、青草に横になってぐっすり眠っていたのだ。

黄昏の国はいつに変わらぬ永遠の平和な夕暮れの中だった。金色に輝く琥珀の童女などはむろん、どこにもいない。

ふところに手を入れてみると、布にきっちり巻かれた石はしっかりそこにしまわれていた。取り出して、布を開いてみると、黄昏の国の薄明にも琥珀はやわらかく輝き、内側の暖かな橙色と金色の光をちらちらと揺らめかせて、どこか手を振っているように思えた。

スカールは安堵して石をまたふところ深くしまい、あらためて身体を調べた。いつの間にか全身の傷に布がまかれて手当され、剝がれた爪には痛みを抑える薬草を擦った膏《こう》薬《やく》が塗られている。

ひんやりとした感触とすっきりした香りが心地よい。女姿になったザザはかいがいしく布を裂き、薬を塗って、スカールの割れた足の爪に最後の包帯を巻いているところだった。

「だいぶ疲れてたんだねえ」

終わって、余った布を巻き取りながらザザは少々気の毒そうに肩をすくめた。

「こっちが多少乱暴に傷にさわっちまっても、キュウとも言わずに寝てるもんだからさ。悪かったね、こっちも少々急いでたんだ。鰐神の力はもう失せちまったし、見つかればもうあとはない。黄昏の国へたどり着くまでは、安心はできなかったんだよ」

「スーティはどうしている」

　無意識に指を動かしてみながらスカールは尋ねた。

「さっき目を覚まして、パンとチーズを食べて、それからまた寝たよ」

　目を上げるとウーラの小山のような寝姿があり、そのふかふかの腹に埋もれるようにして、スーティの無邪気な寝顔が見えた。

「ちょいと人間界へ出て、忙しそうな宴会の席から少々いただいてきたのさ。どうせあれじゃたっぷり余るだろうから、あたしたちが少しくらい貰ったって大丈夫だろ。ま、お礼がてら、銀食器を服の下へ隠して逃げ出そうとしたこそ泥の足をすくって、転ばせてやったけどさ」

　ザザはくすくす笑って、「ほら」とスカールにも包みを渡した。開いてみると、小ぶりの瓶に入った葡萄酒、黒パン、薫製《くんせい》豚、焼いた鳥の腿、爽《さわ》やかな香りの見たことのない柑橘類が入っている。

「なかなかのご馳走だ」

　さっそく頬張りながらスカールはもごもごと言った。からっぽの胃に葡萄酒がしみた。パンをむしり、味の濃い豚肉をかみしめるごとに、疲れ果てた身体にじわじわと元気がわいてくる。

「ところで、何か夢でも見てたのかい」

いささか心配そうにザザは顔をのぞき込んだ。

「なんだか時々ブツブツ言ったり、顔をしかめたりしてたよ。傷が痛むのかと思ったけど、そうでもないようだったし。その石のせいかね？」

「多分な」

柑橘類の汁を鳥の腿に絞りかけ、スカールはもう一度石に服の上から触れてみた。話している間にも、徐々に夢の記憶は薄れつつあった。すでに、どうやらかなり重大な話をしていた、程度の認識しかなく、細部はとうにこぼれ落ちていた。残るはただ星々のささやきと燃える琥珀、そして歌声のみ。

疑問や謎はそのままに、スカールの胸の中に渦巻いていたが、焦りはなかった。必要なときになればまた思い出せるという確信があった。それまでは忘れているべきなのだ、と心の中の何かが告げていた。

（『暁の星を持つのは誰か——暁の星はひとつ……』）

「とにかくこれが、お前の言っていた『約束された三つの石』の一、〈ミラルカの琥珀〉であることは間違いないようだ」

心臓の上でほのかにぬくもっている石を軽く叩いて、酸味をつけた鳥肉に勢いよくかぶりつく。精霊を宿す琥珀はゆるやかに脈打ち、スカールの胸の上で息づいていた。

（暁の星を持つのは誰か）

おそらくそれを見つけることがスカールの使命なのだろう。グインの対星、〈北の豹と南の鷹〉。

彼らが出会うとき、巨大な〈触〉が世界を覆うという。それが吉と出るか凶と出るかはわからない。だがかつて草原の少年スカールは、手から手へ回る暁《アウラ》の星を見つける名手であった。そしていま世界のために、それになによりグインとスーティ、そして気のいい仲間たちのために、どのような事態をたどろうが迷走する星々の軌道を、しっかりと見据えるつもりでいた。

「〈ミラルカの琥珀〉、か」

ザザは自分も柑橘をひとつ手にとって吸いながら、眉をひそめた。

「実を言うとね、あたしもあの半魔の嫁のおぼこ娘といっしょで、自分が言った言葉の全部をわかってるわけでもないのさ。約束された三つの石。ひとつはこうしてあんたの手に入った。残りの二つもやっぱりこうやって手にはいるんだろうかね？」

「さあ、それは、その時にならねばわからんさ」

肩をすくめて、スカールは骨から大きく肉をかじりとった。

「約束された、というくらいだからいつかは入るか、少なくとも出会いはするのだろうし、思いもかけぬ形でつながりを持つのかもしれん。まあ、そうなってから考えればよいことだ」

ザザはなにかごまかされたようなふくれっ面をしたが、汁を吸った皮を後ろに放り投げ、「じゃ、これからどうするのさ」と尋ねた。

「むろん、ヤガに向かう」

スカールは即答した。きれいに肉をかじった骨を投げ捨てる。茂みがガサッと鳴り、そこで様子をうかがっていたらしい毛と角のある小さな影が大慌てで逃げ出していった。

「俺たち二人だけではスーティが危険で動けなかったが、ザザとウーラ、お前たちがスーティの護衛についてくれるなら文句はない。老師やブランともそろそろ合流したい。彼らを軽視するわけではないが、どうもあの都市に巣くう邪悪は、一筋縄ではいかなそうだからな」

ウーラが頭を上げ、喉の奥で唸った。スカールの言葉を聞きつけたかのような、敵に対する気力まんまんの、狼王の太い唸り声だった。

間話　再び、ヤガ――そして

何かが聞こえたような気がして、ブランはさっと頭をあげて周囲を見回した。

「やれ、落ちつくがよい、剣士よ」

ぶらぶらと隣を歩きながらヤモイ・シンがなだめるように背中を叩く。

「誰にも見つかってはおらんし、近くに寄ってきたものもおらぬよ、まだ、な」

言われてブランは渋々と手を下ろした。この、なんとかいう千里眼のような力をもつらしい僧の言うことだ、恐れる必要はないのだろう。

「ただ、かなり地上に近づいたようではあるな。多くの者が集まっている部屋がいくつかあるな。うむ、剣を携えておるものもいる。あれがおぬしの言っていた〈ミロクの騎士〉というやからかの」

ヤガの地下道はどこまでも続き、曲がりくねりながら上下を繰り返していた。ときおり通りすがる軽装の衛兵や、下働きらしきものの眼をかすめながら進むうちに、ブランは自分がどこらへんにいるのかまったく見当がつかなくなっていた。ヤガの地下にいるのかどうか、まさかこの蟻の巣のような道を歩いているうちに、ずっと離れた方へきてしまっているのではないかという疑念が消えない。

二人の高僧はまるで気にしていないようすで、なにやらつかみ所のない会話を繰り広げながらのんびりと歩を運んでいるが、それがまた早い。どこへ向かっているか確信があって進んでいるとしか思えないのだが、尋ねると、「なに、こちらへ行くとよい気がしただけよ」とはぐらかされる。

それでいて、二人について歩くと、うまいぐあいに人目をすり抜けたり、あやういところで衛兵の一隊をかわしたりできるのだ。ぶらぶら散歩しているとしか見えぬのに、鍛え抜いた自分の戦士としての勘でなく、しわしわに縮かんだ干し林檎のような老人の言うことを信じるのも業腹である。ブランとしては不本意としか言いようがなかった。

「魔道師どもの居場所を見つけ出さねば」

ブランは言った。

「あのルー・バーの言葉によれば、フロリー殿とヨナ博士はそれぞれ別の魔道師にとらわれているらしい。ジャミーラという魔女にはすでに会ったが、それらしいことは言っていなかった。ベイラーとイラーグという、残りの二人がそれぞれを捕らえているのだろう。なんとかして奴らの首根っこを押さえて、救い出さねば」

「焦るまい、焦るまい」

ヤモイ・シンが首を振りふり、なだめるように手をあげる。

「なにごとであっても焦りは良うない。焦れば不注意になり、手が滑る。足が滑る。重要事であればそれだけ、しっかりと足下を固めて一歩ずつ進むのが上策であるぞ、剣士よ」

「言われんでもわかっている。説教はいらん」

ブランは足を速めたが、それでも二人の痩せこけ枯れた老僧たちは楽々とついてくる。

「俺は剣やら何やらで武装した兵士に追い込まれて御僧がたのところへたどりついたのだ。焦ったところで数には勝てないくらい理解している。魔道師に相対するにも、このままなら何か方策を考えねばなるまい。まったく、老師ときたらどこにいらっしゃるのだ。こんなところに人を放り出しておいて」

「嘆かわしい。ミロクの徒が武器を手にするとは」

ソラ・ウィンがぶつぶつ唸った。

「誰とも争わず、すべてをミロクの教えと心得て、現世のことはすべて幻と思いいたせば剣などいかに意味のないことかもわかろうものを」

「思いいたすのは勝手だが、剣が斬ったり突いたりするのは現実なのでな」

不機嫌にブランは言い返し、空っぽになった腰をむなしく探った。

あの哀れな男を生き地獄から解き放ってやるのに使ってしまって、武器代わりの骨はもうない。敵地において武器がない、というのはブランにとって裸でいるのも同然に心細く、恥ずべきことだった。

「どこぞで武器を手に入れられぬものかな、御僧。今のミロク教の支配するここでは、剣にものを言わさねばならぬのだ。御僧がたの説教もそのへんの信徒にならば効き目もあろうが、あの〈ミロクの騎士〉なるものどもが押し寄せてきてみろ、経文どころではとうてい相手にならぬぞ」

「はて、それはどうだかの」

ヤモイ・シンは非難するように首を振った。

「ミロクは何事も話し合うことで智慧を分け合い、互いに高めあうことを教えていらっしゃる。やってみぬうちからそう悲観したものでもないぞ、お若いの」

「ええい、だから今のミロク教と、御僧がたの知るミロク教は違ってしまっているというのに……もう良い」

むくれてブランは前を向いた。

確かにかなり、地上部分に近づいているらしい。地下のあの古い隠し通路よりずっと明るくて広く、ところどころに松明もともされている。ミロク教の施設らしく掃除は行き届いているが、最近行き来したらしい足跡や、何かを運んだらしい荷車の轍《わだち》などが人の所在を示している。

　剣を持つものがいるのならば、その装備を備蓄している場所もあるだろう。どうにかしてそこから一揃い、剣とできれば胸当てのひとつも持ち出したいところだ。

　あの人蛇めの妖術にはきかぬだろうが、大勢の人間が見ている前で、おおっぴらに術を使うわけにはいくまい。いかにミロク教上層部が竜王に毒されているとはいえ、一般の信徒が目の前で異界の魔道を見せられれば、さすがに騒ぎにはなるはずだ。

「お」

　ヤモイ・シンがおもしろいものでも見つけたような声をあげて足をとめた。

「ほう、あれが、〈ミロクの騎士〉とかいうものかの」

「うむ、これはまた動きにくそうな。あんな重たげな鎧など身につけて、さぞかし疲れて暑いであろうに、酔狂な」

　標準からすればかなりずれた暢気な感想をもらす僧らをあわてて通路のかげに引っ張りこみ、ブランはそっと首をのばして、松明に照らされた通路のむこうをすかし見た。

　ひとりの〈ミロクの騎士〉が、見れば確かに疲れた様子で、甲冑を鳴らしながらだらだらと歩いてくる。

　これまで遭遇した軽装の下級兵士とは明らかに持ち物も装備も違う。統括役の交代でも終えたところなのか、あくびを繰り返し、首を鳴らし肩をもみながら、どこか休憩室へでも向かうのか、それとも何か約束でもあるのか、こちらへ向かって降りてくる。

あきれたことに片手には膨らんだ飲み口つきの皮袋があり、歩きながら口へ運んでいるところを見ると、どうやら酒が入っているらしい。大きくひと飲みして、心地よさそうにげっぷをする。降りてくるまでの間にかなりきこしめしているらしく、顔全体がうっすらと赤い。

ブランは二人の僧を手真似で後ろへ下がらせ、〈ミロクの騎士〉の歩いてくる曲がり角に忍び寄った。

なにやら戯れ歌らしいものを口ずさみながら、騎士がぶらぶらやってくる。

「騎士様！」

押し殺した声でブランは呼んだ。

騎士はぎょっとした様子でまばたき、口へ運びかけていた酒袋をおろして、「エリーサかね？」とうろたえた声を出した。

「部屋で待っていなさいと言ったろう。なぜ出てきたりしたのだ」

それ以上言わせずに、ブランは全身をばねにして相手に襲いかかった。

あっと叫ぼうとする口を素早く塞ぎ、喉に一撃を加えて声を封じる。

普通ならそれで気を失うはずだったが、鎧の縁に手が当たって邪魔をした。相手はむせかえり、あえぎながらもかすれた声で、なにかミロク教徒としてはきわめて似つかわしくない冒瀆的な言葉を吐き散らしながら剣を抜こうとした。

のしかかったブランは身をくねらせて必死で敵の動きを封じ、剣を奪い取ろうと柄に手をかける。ガチャガチャと甲冑がぶつかってすべり、男二人の押し殺したあえぎ声が地下道の空気をゆるがした。

「何者だ、貴様……」

大声を立てようとするのを肘を突き込んで黙らせる。騎士はむせかえり、ブランの股を蹴上げようとしたが、たくみに避けたブランに逆に腕をねじ上げられ、足をひねられた。

関節を逆にねじられる痛みにきしるような悲鳴がもれる。騎士はもがき、がむしゃらにブランの下でもがいて、転がっていた酒袋をつかんで、たたきつけた。

酒袋からきつい酒精がこぼれ、顔にとんでブランの目をくらませた。刺すような痛みにブランは思わず目をつぶった。

手がゆるんだ。ぐるりと体勢が入れ替わり、ブランは逆に押さえ込まれる形になった。

騎士は紙のこすれるような声をたてて笑った。

歯の折れた唇から血が流れている。ブランは懸命に鞘をつかんで剣を奪おうとした。

騎士は柄を握ってひっぱった。鞘ばしった刃が光った。剣がぬけた。騎士は血まみれの歯をむき出して笑いながら、両手で剣を振り上げ、ブランにむかって振りかざした。ブランは思わず両手で頭をおおい、身をよじった。

痛みと衝撃を予期したが、なにもなかった。

体の上から重みがとれた。ごろりと転げ落ちた騎士は、白目をむいて気絶していた。

ブランはうつ伏したまま肩で息をつき、痛む両目から酒をぬぐい去ろうと努力した。

「どうやらこの男、部屋に女を待たせておったようだ」

「うむ、そのようだの。逢い引きを邪魔して、ちと悪いことをした」

気絶した騎士の頭のほうに、いつの間に出てきたのか、ソラ・ウィンとヤモイ・シンの二人が、乾かした猿のような渋面と干した林檎のような温顔をならべて立っている。

「御僧がた」

あまり説得力がないとは自分でもわかっていたが、ブランはぜいぜいのどを鳴らしつつ言った。

「出てこないようにと言っておいたはずだが」

「道を外れた修行者を叱責するのは僧のつとめである」

ソラ・ウィンが厳しく言い捨てた。

「まあ、待ちぼうけを食らわせた女人には悪いことをしたが、これも修行よ」

ヤモイ・シンがどこから持ってきたのか、たった今ミロクの騎士の頭に振り下ろしたばかりの石ころをぽいと放り投げた。

「瞑想中にもぞもぞする小僧は師僧に打たれる。まあ今回は索がなかったのでいささか乱暴なことになったが、この男もミロクの徒であるなら、修行の最中に飲酒や女人との色事は控えるようにすべきであったなあ」

平気な顔でにこにこしているヤモイ・シンと、だらんとひっくりかえって泡を噴いているミロクの騎士を渋い顔で見下ろすソラ・ウィンを、ブランは口をあけたまましばらく交互に眺めた。

「ほれ、ぼんやりしておる暇はないぞ、剣士殿。お望みの剣と甲冑がそこにある。早いところ着替えて、先へ進もうではないか」

やはり俺は、どうやら色々とんでもない人々と道連れになってしまったらしい。

いまだ何の音沙汰もないイェライシャを胸の内で呪いながら、ブランはミロクの騎士の装備と服を手早く引きはがしにかかった。

あとがき

そんなわけでどうも。五代ゆうです。今回はあまり間を開けずに出せてよかったですっていうか、書き上げた直後にちょいと私生活で右往左往するはめに陥りまして、やはり原稿は早めに仕上げておくに越したことはないとおもいました（小波感）。で、それで虫です。えー、ひょっとしたらここで言うのも遅いかもしれませんが、「イニシャルGを始めとするあのあたりの虫というか虫全般はぜったいダメ実物はむろん写真や絵や文字で書いてあるのさえ見たくない死ぬ死ぬ死んでしまう」という方は、本文でなんかそれっぽい空気を感じたら、とりあえずしばしあらぬ方向に視線を固定したのち、呼吸を整え、数ページほど一気にとばすことをお勧めします。「早く言ってよ！　読んじゃったよ！（涙目）」の方には深くお詫び申し上げます。

ですが「あとがき」という言葉の意味をまずお考えいただきたい。あとがきは本篇の後ろにあるから「あとがき」なのであって構造上本のいちばん後ろにくるものです。先に言えよっつってもファンタジイのエピグラフにいきなり【虫　注　意】とか、やっぱなんかこう、アレじゃないですか。しまらないというかなんというか。うむ。

……ぶっちゃけ書くのは物凄く楽しかったですごめんなさい（わりとまじまじ観察してしまう系の人）

さて、ようやくこちらにもグインが顔出してくれました。いつものように当初はグイン出す予定はなかったんですが、途中で『ごめんグインさんがちょっとヘコんでるみたいだから話聞いてやって』とデンパさんの命令が来たので、プリンターとしてはハイハイと従ったのですが、さすがグインというか、ちょっと出張して来るだけでまる二話食われましたよ……主人公の貫禄ですなあ。

まあグインといえども心は生身の人間、というか恋愛に対してはまったく不器用もいいとこなのですが、それでも国家存亡の時に、そのような個人の事情などにはかまっていられないのが英雄であり王という立場の辛さ。まあちょっとくらい愚痴りたくなってもしょうがないでしょう。彼にとっては辛いことの続いた時期でもありますし。

読む方の数だけ解釈はあって当然だと思いますが、私にとって〈グイン・サーガ〉という、物語《サーガ》は、あくまでグインという主人公についての〈物語《サーガ》〉です。国家間の争いや陰謀、政局争い、群雄割拠、そういったものももちろん物語の魅力でもあり、今後ともしっかりとその辺は詰めて書いていくつもりですが、あくまでこの物語の主人公はグインであり、記憶のない異形の存在として辺境のノスフェラスに出現して以来、奇妙な運命と強大な力に振り回され続けている彼についての、これは物語であると思っています。

ファンタジイ、またそれに限らず多くの物語は、『主人公が見失っていた本当の自分自身を見つけ出す』というテーマが中心に据えられています。何も書き込まれていない白紙の存在、いまだに他人に与えられたアイデンティティ（それも古代機械に書き換えられてしまう程度の不確かなものでしかない）で自分を支えるしかない彼が、本当の自分という究極の謎を解き、真の彼自身を回復したとき、この〈グイン・サーガ〉は『豹頭王の花嫁』という終わりを迎えるのだと、私は思っています。

というかグインさんが愚痴ってヴァレリウスがバタバタしたおかげで当初予定していたヤガのスーパー魔道ジジイ大戦が次巻回しになってしまったのは計算外だった……（エピグラフだって当初は違うの用意していたのに急遽差し替えになったし）

次巻こそは派手に全ヤガを巻き込む大魔道合戦をぶちかまそうと手ぐすねひいております。ブランくんはまたもやけったいなジジイ二人に振り回されているようですが、なんですかね、あの子はジジイ運が悪いというかなんかそういう星でもしょっているのでしょうかね。まだこの上イェライイシャ老師も控えておりますし、今から彼の苦労が思いやられます。がんばれブランくん。

次巻は宵野ゆめさんのターンとなります。グインの子供たちも生まれ、新帝オクタヴィアが即位した新たなケイロニア、しかしシルヴィアの遺児をはじめ、再び新たな不穏な動きが……

いつもお世話になります担当阿部様、監修八巻様、田中様、ありがとうございます。そして誰より手にとってくださる読者様方に深く感謝いたします。今後ともまだまだ先は長いですが、どうぞ引き続きお付き合いいただければ光栄です。

著者略歴　1970年生まれ，作家
著書『アバタールチューナーⅠ～Ⅴ』『〈骨牌使い〉の鏡』『紅の凶星』『廃都の女王』（以上早川書房刊）『はじまりの骨の物語』『ゴールドベルク変奏曲』など。

HM=Hayakawa Mystery
SF=Science Fiction
JA=Japanese Author
NV=Novel
NF=Nonfiction
FT=Fantasy

グイン・サーガ⑬⑨
豹頭王《ひょうとうおう》の来訪《らいほう》

〈JA1239〉

二〇一六年八月十五日　発行
二〇一七年七月十五日　二刷
（定価はカバーに表示してあります）

著者　五《ご》代《だい》ゆう
監修者　天狼《てんろう》プロダクション
発行者　早川浩
発行所　株式会社早川書房
郵便番号一〇一－〇〇四六
東京都千代田区神田多町二ノ二
電話　〇三－三二五二－三一一一（大代表）
振替　〇〇一六〇－三－四七七九九
http://www.hayakawa-online.co.jp
乱丁・落丁本は小社制作部宛お送り下さい。
送料小社負担にてお取りかえいたします。

印刷・株式会社亨有堂印刷所　製本・大口製本印刷株式会社

Printed and bound in Japan
ISBN978-4-15-031239-8 C0193